# Histoires
# mystérieuses

CHAUVE-SOURIS

# Histoires mystérieuses

## Q. L. Pearce

Traduit de l'anglais par
Martine Perriau

*À W.J.P, pour avoir ouvert toute grande la
porte aux créatures et aux fantômes de ces
histoires, lorsqu'ils sont venus nous visiter.*

Q.L.P.

**Données de catalogage avant publication (Canada)**

Pearce, Q. L. (Querida Lee)

Histoires mystérieuses

(Chauve-Souris)
Traduction de : More Scary Stories for Sleep-Overs.
Publ. antérieurement sous le titre : Histoires d'horreur pour
nuits blanches 1994.
Pour les jeunes de 9 à 13 ans

ISBN 2-7625-6273-2

I. Perriau, Martine. II. Titre. III. Titre : Histoires d'horreur
pour nuits blanches. IV. Collection.

PZ23.P42Hi 1998      j813'.54      C98-940931-7

**More Scary Stories for Sleep-Overs**
Copyright © 1992 RGA Publishing Group, Inc.
Publié par Price Stern Sloan, Inc.

Version française
© Les éditions Héritage inc. 1994, 1998
Tous droits réservés

Illustration de la couverture : Sylvain Tremblay
Mise en page : Groupe Infoconcept

Dépôts légaux : 3e trimestre 1994
Bibliothèque nationale du Québec
Bibliothèque nationale du Canada

ISBN : 2-7625-6273-2

Imprimé au Canada

LES ÉDITIONS HÉRITAGE INC.
300, Arran, Saint-Lambert (Québec) J4R I K5
Téléphone : (514) 875-0327
Télécopieur : (450) 672-5448
Courriel : info@editionsheritage.com

Nous remercions le ministère du Patrimoine canadien
pour son aide financière.

# LE COURS DE NATATION

**L**orsqu'elle aperçut les vagues gris-vert du lac Sansfond, Geneviève pensa aussitôt aux créatures répugnantes tapies sous l'eau.

La veille, sa grand-mère lui avait raconté une histoire fantastique à propos de monstres marins qui entraînaient les humains dans les flots mortels sous prétexte qu'ils avaient marché au soleil.

Elle se tenait maintenant près d'un immense lac mystérieux au bord duquel ses parents avaient loué un chalet pour l'été.

Toute la famille, y compris Pascal et Émilie, les inséparables frère et sœur de Geneviève, resterait deux mois ici, c'est-à-dire jusqu'à la rentrée scolaire.

Geneviève n'était pas impatiente de retourner à l'école, mais cet endroit, ce lac... Elle avait souhaité repartir dès l'instant où elle l'avait vu.

L'aversion que Geneviève éprouvait pour l'eau n'était pas nouvelle. Des trois enfants, elle était la seule qui ne nageait pas très bien. Alors qu'elle était encore toute petite, sa mère l'avait inscrite à un cours de natation à la piscine du quartier. Un après-midi, alors qu'elle courait pour se joindre aux autres enfants, elle avait glissé et avait plongé la tête la première dans l'eau. Le choc lui avait littéralement coupé le souffle, et elle avait avalé une grande quantité d'eau avant de remonter à la surface. Crachant et haletant, elle s'était cramponnée au bord de la piscine jusqu'à ce que le maître nageur l'aide à sortir. Depuis lors, elle ne s'était plus jamais sentie à l'aise dans l'eau et s'arrangeait presque toujours pour éviter de nager.

Pascal et Émilie, au contraire, adoraient l'eau. Pascal faisait partie de l'équipe de natation de l'école, et lui et sa sœur avaient suivi des cours de sauvetage l'été précédent.

Personne, à part Geneviève, n'aurait imaginé que d'horribles monstres marins les attendaient au fond du lac.

Les trois enfants parcouraient chaque jour le kilomètre qui les séparait d'un petit coin spécial qu'ils avaient découvert sur la plage. Pascal et Émilie nageaient alors jusqu'à un vieux radeau ancré à environ cinquante mètres de la berge. Ce n'était rien d'autre qu'une large planche de bois épaisse, arrimée à deux énormes bidons vides.

Sur la plage, Geneviève lisait, dessinait ou restait simplement assise, les pieds dans l'eau, à surveiller son frère et sa sœur. Ils semblaient avoir un plaisir fou à se pousser l'un l'autre dans l'eau d'un bleu profond et à faire la course d'un bord à l'autre du radeau.

Un jour, alors que Geneviève était assise sur la plage et les regardait jouer bruyamment, elle eut l'étrange impression qu'on l'observait.

La plage était bordée d'un épais bosquet de pins broussailleux. Geneviève se tourna et regarda dans les taches sombres entre les branches. Soudain, elle sentit quelque chose toucher son pied nu dans l'eau froide. Cela s'enroula autour de sa cheville, semblable à de minces doigts visqueux. Elle cria et tomba à la renverse en sortant vivement son pied de l'eau ; puis elle réalisa que le « monstre » n'était en fait qu'une plante aquatique.

Elle sauta sur ses pieds et se débarrassa des longues feuilles gluantes. En époussetant le sable sur son short, elle se tourna pour trouver ses sandales et se heurta tout à coup à un vieil homme barbu à l'air négligé.

Elle se remit à hurler.

— Allons, allons, petite, la tranquillisa l'homme en remontant des verres cerclés de métal sur son nez, tu n'as aucune raison d'avoir peur de moi.

Geneviève tremblait de la tête aux pieds, mais elle ne voulut pas avoir l'air effrayée.

— Pourquoi me surveillez-vous comme ça ?

Le vieil homme frotta son menton hérissé d'une barbe de plusieurs jours.

— Je ne crois pas avoir surveillé qui que ce soit. Je viens te demander, par contre, ce que tu fais sur cette portion de plage.

— La plage est à tout le monde.

— Pas tout à fait. Vois-tu, ce bout de plage qui s'étend de la berge à la route m'appartient. Tu peux même apercevoir le toit de ma maison, au-delà des arbres.

Geneviève devint écarlate. Elle comprit que le vieil homme devait sans doute être monsieur Patry. Il entretenait les chalets pendant l'hiver, lorsqu'il n'y avait plus de vacanciers autour du lac.

— Je suis désolée. Je n'avais pas l'intention d'être insolente, mais je ne m'attendais pas à voir quelqu'un. Vous m'avez effrayée.

— Je ne te blâme pas d'avoir peur. Il y a tant de choses inquiétantes. Pas ici... mais là-bas.

Il pointa un index noueux vers une petite île couverte de buissons et d'arbres immenses, non loin de la rive sud du lac.

Geneviève fronça les sourcils.

— Qu'y a-t-il donc sur cette île?

L'île semblait tout à fait paisible sous le soleil radieux de l'après-midi.

Monsieur Patry s'assit sur une grosse souche d'arbre. Il saisit un bout de bois et se mit à dessiner sur le sable humide, d'abord une ligne pour représenter la berge, puis un petit cercle pour situer l'île. Geneviève s'agenouilla près de lui, sur le sable.

— Il y a d'excellentes raisons de se méfier de cet endroit! Vois-tu, l'eau doit se faufiler par ici, expliqua-t-il en traînant le bout de bois entre l'île et la rive. Cela crée un courant très fort qui peut se révéler traître par moments. De nombreux accidents s'y sont produits, ajouta-t-il d'une voix triste.

— Vous voulez dire que des personnes s'y sont noyées?

— Mais oui. L'été dernier, quatre enfants en vacances se sont noyés de l'autre côté de l'île, en plus des deux agents de police qui essayaient de les sauver. C'était très étrange, d'ailleurs, murmura le vieil homme en secouant la tête. Alice Guérin, l'un des deux agents, a grandi par ici et pouvait manœuvrer un bateau à peu près n'importe où. Personne n'a jamais compris comment le courant avait pu l'emporter. Certains prétendent qu'il y a là quelque chose de plus dangereux que le simple courant... de beaucoup plus dangereux. Selon une vieille légende indienne, les êtres qui meurent dans ces eaux n'y trouvent pas le repos, mais attendent pour en entraîner d'autres avec eux.

Geneviève sentit un frisson lui grimper le long de la colonne vertébrale. Elle pensa à l'histoire que sa grand-mère lui avait racontée. Elle pouvait presque entendre les terribles mots : « Ils envient ceux qui marchent au soleil. Ils les entraînent alors au fond de l'eau glaciale où ils resteront pour l'éternité. »

— Ce qui est étrange, c'est qu'il semble n'y avoir jamais aucun témoin, continua le vieil homme. L'été dernier, les deux bateaux des enfants se sont échoués sur la berge, vides. Il vaut donc mieux se tenir loin de cet endroit.

— Geneviève ! appela Pascal tout ruisselant. Geneviève ! Dépêche-toi !

— Je dois partir, monsieur Patry, dit Geneviève en se levant et en époussetant le sable sur ses jambes. Merci pour l'avertissement !

Le vieil homme la dévisagea d'un air sérieux.

— Fais en sorte de t'en souvenir !

✳ ✳ ✳

Le lendemain, la famille fit un pique-pique sur la berge. Après avoir mangé, Pascal et Émilie demandèrent la permission d'aller se baigner.

— Je pense que c'est trop tôt, dit leur mère. Je préfère que vous attendiez encore un peu.

Les trois enfants marchèrent donc le long de la plage où ils ramassèrent des petits cailloux

et des morceaux tordus de bois flotté. Ils s'é-
taient déjà bien éloignés du chalet lorsque
Pascal découvrit un vieux canot.

— Quelle belle trouvaille! s'écria-t-il. Je crois
qu'il est en état de naviguer. Voici les rames!

— Pascal, l'avertit Geneviève, maman nous
a défendu d'aller dans l'eau.

— Elle parlait de natation, dit Émilie. Mais
rien ne nous empêche de faire un tour de
canot. Peut-être pourrions-nous explorer cette
petite île, là-bas. Je suis certaine que ça ne l'in-
quiéterait pas. Viens!

Pascal et Émilie commencèrent à pousser
l'embarcation. Geneviève, elle, pensait à l'avertissement de monsieur Patry.

— N'y allez pas! C'est dangereux!

— Mais non, riposta Pascal. Ce canot n'est
absolument pas dangereux!

— Je ne parle pas du canot! cria-t-elle
presque.

Son frère et sa sœur s'arrêtèrent et la dévisa-
gèrent.

— Je parle de l'île!

Levant une main pour protéger ses yeux du
soleil, Pascal regarda la petite étendue de terre
au large.

— Qu'a-t-elle de bizarre, cette île?

— Monsieur Patry a dit... Eh bien, il dit que
le courant est très dangereux, mais je pense

11

qu'il essayait de me mettre en garde contre autre chose. Il a dit que des enfants s'y sont noyés l'été dernier. Qu'un mystère entourait ces noyades. Il a dit aussi qu'il existait une légende indienne à propos de ce lac...

Pascal jeta un coup d'œil à Émilie et se mit à sourire.

— Pas une autre légende! Je crois que ce vieux fou essaie d'éloigner tout le monde parce qu'il cache quelque chose. C'est peut-être un trésor!

Il poussa l'embarcation un peu plus loin dans l'eau et y sauta.

— Venez!

— De quel genre de trésor pourrait-il s'agir, d'après toi? demanda Émilie en s'installant derrière lui.

— Viens, Geneviève, dit Pascal d'un ton enjôleur. Ce sera chouette.

Geneviève ne bougea pas. Des vaguelettes venaient lécher ses chevilles.

— Je ne veux pas. Pourquoi ne ferions-nous pas autre chose? Construire un fort, une cabane serait plus amusant.

Pascal pencha la tête vers elle.

— Il n'y a vraiment rien à craindre. Nous sommes ensemble, il ne t'arrivera rien.

Geneviève serra les mâchoires en signe de refus.

— Bon, si c'est ce que tu veux! dit Pascal en s'éloignant. Nous y allons. Tu peux rester ici toute seule.

Geneviève ouvrit la bouche pour protester, mais aucun son n'en sortit. Elle eut soudain l'impression d'être de nouveau observée. Elle ne tenait pas à rester sur la berge ni à rentrer seule au chalet. Son frère avait peut-être raison... Et si elle était en train de gâcher son été à cause de ces craintes? Après tout, elle ne serait pas véritablement dans l'eau. S'ils étaient tous les trois ensemble, tout irait bien. Elle prit une grande inspiration et grimpa dans le canot.

Geneviève se dit qu'après tout ses appréhensions n'étaient peut-être pas fondées. Elle commença alors à se détendre. Pascal manœuvrait très bien, et il n'y avait pas le moindre courant.

— Je parie que nous allons trouver un coffre rempli de pierres précieuses dans cette île, dit Émilie.

— Si j'étais un pirate, j'y aurais caché mon butin. Arrêtez, matelots! dit-il, moqueur, à ses sœurs. Mettez le cap sur cette étendue de terre, là-bas, ou je vous fais subir le supplice de la planche!

Émilie éclata de rire.

— Nous n'avons pas de planche, pirate manqué!

Geneviève riait, elle aussi. C'était vraiment très amusant. Pascal entonna une chanson qui, selon lui, pouvait très bien convenir à un pirate, et les filles se joignirent à lui tandis qu'ils s'éloignaient de plus en plus de la berge.

Alors qu'ils s'approchaient de l'île, les choses se gâtèrent. Bien qu'il fût encore tôt dans l'après-midi, la lumière du soleil diminua soudain. D'un seul coup, le vent se mit à souffler, et le courant devint plus fort. Le canot semblait moins stable.

— Émilie! Aide-moi! cria Pascal.

— Que veux-tu que je fasse?

Émilie percevait de la nervosité dans la voix de son frère.

— Prends une des rames et essaie simplement de stabiliser le canot. Je crois que si nous contournons l'île, nous pourrons nous en sortir.

Pascal dirigea l'avant du bateau vers le petit cercle de terre. Geneviève offrit son aide.

— Que puis-je faire?

Son frère montrait des signes de fatigue et d'énervement.

— Surveille la berge. Nous devons contourner cette pointe sans trop nous en approcher.

Une fois qu'ils eurent contourné la pointe, elle fut la première à apercevoir les formes parmi l'enchevêtrement de végétation qui s'étendait de la petite bande de sable jusque dans l'eau.

Elles semblaient presque humaines. Elles paraissaient être debout, le visage juste à la surface de l'eau, les yeux rivés sur eux.

— Pascal! s'écria Geneviève. Qui... qu'est-ce que c'est?

Les trois jeunes restèrent bouche bée un instant. Pascal, le premier, recouvra la voix.

— Rame! Rame aussi fort que tu le peux! insista-t-il.

Ils ramèrent de toutes leurs forces, luttant pour s'éloigner, mais le canot s'approchait lentement de l'île.

Tandis que Geneviève regardait, impuissante, plusieurs créatures horribles glissèrent sous l'eau. Alors, des mains d'une pâleur mortelle sortirent des vagues, agrippèrent le bord du canot et se mirent à le secouer.

Émilie se leva et leur assena de grands coups de rame. Elle fut la première à être happée. Pascal tendit le bras pour la retenir et passa, lui aussi, par-dessus bord.

Geneviève essaya en vain de redresser l'embarcation. Le canot chavira... elle glissa dans l'eau froide et sombre du lac... et sentit qu'une poigne glaciale l'attirait vers le fond.

Elle voyait très distinctement les longs cheveux noirs, semblables à des algues, de l'étrange créature.

Sans trop savoir comment, Geneviève réussit à se dégager et à remonter à la surface où, haletante, elle prit une grande bouffée d'air. Hurlant et se débattant, elle se sentit soulevée hors de l'eau et hissée à bord d'une embarcation par de chaudes mains humaines.

C'était monsieur Patry.

Elle essaya de parler, de lui dire que Pascal et Émilie étaient là, au fond, mais aucun son ne sortit de sa bouche.

Tandis que le bateau à moteur s'éloignait de l'île, Geneviève remarqua que le vent était tombé. Il n'y avait plus le moindre courant, et l'île semblait déserte.

Elle eut l'impression d'avoir rêvé. Monsieur Patry l'emmena dans sa cabane et l'enveloppa dans une couverture bien chaude.

— Je suis désolé, dit-il en lui tendant une tasse de thé chaud. Je vous ai vus, tous les trois, vous éloigner en canot. J'ai essayé de vous rejoindre aussi vite que possible, mais... je n'arrivais pas à faire démarrer le moteur. Mes vieilles mains sont si maladroites.

Geneviève regarda les mains qui l'avaient sortie de l'eau.

— Avez-vous vu mon frère et ma sœur?

— Non. Je suis arrivé trop tard.

Geneviève le regarda droit dans les yeux.

— Les avez-vous vus ? insista Geneviève.

Le vieil homme soupira.

— Je n'ai rien vu. J'étais si énervé... j'agissais comme un vieux fou. J'essayais de faire tant de choses en même temps... Mes lunettes sont tombées à l'eau. Je ne voyais rien. Rien. Je ne vois plus grand-chose ; même de près, tout est flou. J'ai eu de la chance de te trouver.

Ils restèrent assis sans parler pendant un moment jusqu'à ce qu'un son strident brise le silence. Geneviève sursauta.

— Ce sont les secours, la rassura-t-il. J'ai téléphoné au poste de police. J'ai peur de ne pas voir suffisamment pour te reconduire chez toi, et la nuit commence à tomber. Après ce que tu viens de vivre, je ne pense pas qu'il soit prudent de rentrer à ton chalet à pied. Ils ont déjà appelé tes parents.

Il remonta la couverture autour des épaules de Geneviève, et ils sortirent dans la demi-obscurité.

L'agent de police, une jeune femme, passa son bras autour des épaules de Geneviève.

— Tu as eu un choc terrible, murmura-t-elle doucement. Tout va bien maintenant.

Encore étonnée par tout ce qui s'était passé, Geneviève ne leva même pas les yeux. Monsieur Patry interrogea l'agent du regard.

— Ses parents habitent près de la grand-place. Vous faites en sorte qu'elle y arrive saine et sauve ? Pauvre petite, j'aurais souhaité la reconduire moi-même, mais...

— Ne vous inquiétez pas, le rassura l'agent de police. Vous avez fait tout ce que vous avez pu. Je veillerai à ce qu'elle rejoigne sa famille.

Hochant la tête, monsieur Patry tapota de nouveau l'épaule de Geneviève et retourna dans sa cabane.

Geneviève se laissa guider vers la route où l'agent disait avoir stationné sa voiture. Au bout d'un moment, elle réalisa qu'elles avaient dépassé le chemin de terre et se dirigeaient vers le lac.

— Où allons-nous ? Ce n'est pas la bonne direction.

Comme elle cherchait à se dégager, la couverture glissa de ses épaules et elle sentit la main glacée de l'agent. Levant les yeux, elle vit que les longs cheveux noirs de la femme étaient mouillés et, dans la clarté de la lune, elle distingua une plaque sur son uniforme, marquée au nom de GUÉRIN.

Dans un sursaut d'énergie, Geneviève se débattit et courut jusqu'à ce que son cœur semble sur le point d'éclater. Elle ne réalisa pas qu'elle se rapprochait du lac.

Haletante, à bout de souffle, elle heurta quelque chose de froid et humide.

— Où vas-tu, petite sœur?

— Pascal! Émilie! s'écria Geneviève, soulagée. Merci, mon Dieu! Je vous croyais... je vous croyais noyés tous les deux.

Elle leva joyeusement les yeux vers son frère et sa sœur qui se penchaient vers elle dans le noir.

— Comment avez-vous...

Sa joie fit place à une effroyable terreur lorsqu'elle se rendit compte que Pascal et Émilie, trempés, la fixaient de leurs yeux verts... et sans vie.

— Oh non! Non! gémit Geneviève en reculant.

Avec un grand sourire, son frère passa son bras moite et froid autour d'elle, tandis que sa sœur lui disait:

— Viens, Geneviève, cette nuit est parfaite pour se baigner.

# QUE TA VOLONTÉ
# SOIT FAITE

Thierry était le seul élève de cinquième année à ne pas aimer madame Rose, leur prof. Pour dire vrai, Thierry appréciait peu de gens dans la vie et beaucoup de choses semblaient l'ennuyer.

Les cours d'histoire par exemple. Et lorsque leur prof organisa une visite de l'exposition Toutânkhamon où on pouvait voir la momie du grand pharaon et certains objets lui ayant appartenu, au musée d'histoire naturelle, tous les élèves eurent hâte de faire ce voyage... enfin, presque tous.

Thierry commença à se plaindre dès qu'ils montèrent dans l'autobus qui devait les emmener en ville. Marielle eut la malchance d'être assise à côté de lui et dut supporter ses jérémiades.

— C'est stupide ! Qui voudrait voir un vieux bonhomme mort ?

La jeune fille se renfrogna.

— Moi, j'y tiens. Toutânkhamon est l'une des personnes les plus célèbres qui aient vécu. Lorsqu'il avait notre âge, il régnait sur l'Égypte tout entière. Je trouve ça très intéressant.

Thierry secoua la main.

— Ça n'a rien d'extraordinaire. Lorsque je serai grand, je serai célèbre, moi aussi.

— Ah oui ? dit Maxime en se tournant sur son siège pour regarder Thierry. Et que comptes-tu faire pour devenir célèbre ? Décourager tout le monde ?

— J'ai un plan. Je pourrais faire des tas de choses. Être pilote de course, par exemple.

Il jeta un coup d'œil à ses camarades pour voir s'ils étaient impressionnés. Comme aucun d'eux ne semblait l'être, il continua :

— Pas n'importe quel pilote de course. Un de ces casse-cou, vous savez, comme celui qui s'est jeté du haut du Grand Canyon.

— Personne ne s'est jamais jeté du haut du Grand Canyon, grogna Maxime.

Thierry croisa les bras et sourit d'un air suffisant.

— Je serai le premier, alors. Vous verrez. Un jour, tout le monde saura qui je suis.

Maxime et Marielle éclatèrent de rire alors que le bruit du moteur de l'autobus s'intensifiait et que le véhicule sortait prudemment du terrain de stationnement pour s'engager sur la grand-route.

La visite au musée ne plaisait guère à Thierry, mais il était enchanté de manquer un jour d'école. Il ne voyait vraiment pas à quoi pouvaient servir les cours d'histoire et de géographie. Ces jeunes qui travaillaient d'arrache-pied et passaient leur temps le nez plongé dans leurs livres étaient stupides.

«Il existe une méthode plus facile», se dit Thierry.

Le trajet jusqu'à la ville dura moins d'une heure. Pendant ce temps, madame Rose expliqua aux jeunes que le musée était très vaste, et qu'il était donc important de rester groupés. Elle parla de certains règlements : être le plus silencieux possible et ne toucher à aucun objet. Puis elle distribua un plan du musée à chaque élève. La salle où se trouvait l'exposition égyptienne était identifiée par un grand X.

Bientôt, l'autobus s'engagea sur le terrain de stationnement devant le musée municipal. Bavardant et riant, les jeunes sortirent à la file du véhicule et se rassemblèrent devant l'entrée de l'édifice. Un chatoyant jet d'eau jaillissait d'une magnifique fontaine près de la porte. Le soleil matinal créait un splendide arc-en-ciel dans la brume délicate. Thierry le remarqua à peine. Il se plaignit simplement d'avoir chaud à rester debout en plein soleil.

— Quand se décideront-ils à nous laisser entrer?

Une fois à l'intérieur de l'immense entrée climatisée, il continua de ronchonner.

— Ça va durer une éternité. À quelle heure allons-nous manger? C'est l'ennui total!

Cette fois, Marielle en eut assez.

— Écoute, Thierry, plus tu te plains, plus tu gâtes le plaisir de tout le monde. Garde tes commentaires pour toi!

Elle s'éloigna et rejoignit le reste du groupe. Thierry la regarda partir. Il détestait que quelqu'un lui dicte sa conduite. «Allez-y, pauvres idiots. De toute façon, je ne voulais pas venir.» Les autres élèves tournèrent dans une allée, et Thierry ralentit suffisamment pour se retrouver seul. Il venait de décider d'explorer de son côté lorsque madame Rose revint jeter un coup d'œil au coin de l'allée.

— Reste avec nous, Thierry, s'il te plaît. Je ne tiens pas à m'inquiéter à ton sujet.

Thierry rejoignit à contrecœur le groupe qui passait près d'une exposition d'art primitif amérindien. Il tendait le bras pour toucher un grand panier tissé lorsqu'un gardien lui adressa la parole.

— Ne touche pas ce panier, s'il te plaît. Il est très ancien.

— Et alors? répondit Thierry en défiant l'homme du regard.

Un tel manque de respect irrita manifestement le gardien.

— Pourquoi ne restes-tu pas avec ton professeur? Tu risques de t'attirer des problèmes en te promenant tout seul. Et surtout, ne touche à rien!

Thierry était sur le point de répliquer, mais il changea d'avis. Il s'éloigna d'un pas nonchalant, se demandant dans quelle direction son groupe était parti. Il revint sur ses pas pour parler au gardien, mais celui-ci n'était plus là. La salle en marbre était curieusement silencieuse. Les murs étaient couverts de toiles sombres dans des cadres dorés. Tout autour de lui, des yeux peints le fixaient. Thierry pouvait sentir leur regard, ce qui le mit mal à l'aise. Il se dirigea alors vers l'autre bout de la salle.

Quelques instants plus tard, il se trouva devant un grand passage voûté où était présentée une exposition d'accessoires de magie ancienne. Il tira doucement de sa poche le plan froissé du musée pour voir à quelle distance il se trouvait de l'exposition égyptienne. Curieusement, l'exposition d'accessoires de magie ancienne n'était pas indiquée sur le plan. Pourtant, cela semblait beaucoup plus intéressant que de traîner en bâillant devant une vieille momie moisie. Il emprunta donc le passage voûté et se retrouva dans une immense salle.

La lumière provenait principalement de petits projecteurs installés au-dessus des accessoires exposés. De grandes vitrines disposées le long des murs présentaient des objets inhabituels en bois, en pierre ou en os, décorés de perles, de plumes et de coquillages. Une petite pancarte à côté d'un gros os sculpté indiquait que c'était un objet servant à chasser les mauvais esprits responsables de maladies mentales. Une autre à côté d'un petit cristal disait que c'était une amulette qui protégeait quiconque le portait contre les poisons. Mais Thierry fut attiré par une pièce isolée et illuminée au centre de la salle. Il s'agissait d'une énorme roche d'au moins trois mètres de haut. Des siècles auparavant, quelqu'un y avait sculpté un visage, avec de longs lobes d'oreilles et une mâchoire saillante. La roche était entourée d'un cordon en velours, et une pancarte priait les visiteurs de ne pas y toucher.

Thierry resta un moment devant la pancarte. Puis, souriant, il tendit la main pour caresser la pierre du bout des doigts. Elle était étonnamment chaude et douce, semblable, ou presque, à de la chair humaine. Il passa les doigts sur le côté de la large bouche silencieuse.

— Aïe! cria-t-il en enlevant brusquement sa main de la roche.

Quelque chose de pointu lui avait piqué le doigt. Une minuscule goutte de sang brillait au coin de la lèvre de la statue. Regardant autour de lui pour s'assurer qu'il était seul, Thierry tendit le bras pour essuyer la goutte, mais il ne réussit qu'à l'étaler. Il sentit la pierre devenir plus chaude, et l'air autour de lui sembla vibrer. Le cœur de Thierry s'affola. Il se retourna vivement et se précipita vers la porte, mais cette dernière avait disparu! En pivotant sur lui-même, il vit qu'il n'y avait plus de sortie, mais simplement quatre murs lisses.

— Holà! Hé! que se passe-t-il ici?

Terrifié, il martelait le mur de son poing fermé.

— Que désires-tu? fit une voix grave derrière lui.

Thierry resta d'abord figé. Puis il se retourna craintivement et vit qu'une silhouette sombre se tenait près de la statue.

— Que désires-tu? répéta la voix. Pourquoi m'as-tu appelé?

— Je... je ne vous ai pas appelé, bégaya Thierry.

La tache de sang luisait sur la pierre.

— Tu m'as appelé!

— Je suis désolé, s'excusa Thierry en tremblant. Je n'en avais pas l'intention. C'est que... je cherchais simplement à sortir d'ici...

— Finissons-en! Il m'est suffisamment pénible de devoir utiliser mes pouvoirs pour des humains bons à rien. Je n'ai nulle envie d'écouter, en plus, ton bavardage insensé!

Si effrayé qu'il pût être, Thierry réagit à l'insulte.

— Qui est bon à rien? Qui croyez-vous être?

— Je sais parfaitement qui je suis, répondit la chose. Je suis un génie.

La stupéfaction et la curiosité l'emportèrent sur la peur que ressentait Thierry.

— Un génie? Vous voulez dire... comme ceux qui sortent d'une bouteille?

— Quelque chose comme ça. Alors, que désires-tu?

— Vous devez exaucer les vœux, n'est-ce pas?

La terreur de Thierry s'était transformée en véritable plaisir. Enfin! Il avait toujours su qu'une chose de ce genre allait lui arriver.

— Tu sembles un peu cultivé, se moqua le génie. Je suis impressionné par ton intelligence.

Thierry était sur le point de perdre patience.

— Cessez d'être aussi désagréable et contentez-vous de me donner une réponse!

La lumière vacilla. Pendant un instant, l'air sembla voilé, puis tout redevint clair comme du cristal.

— Oui. Je dois t'accorder trois vœux. Il ne t'en reste plus que deux, maintenant. Mais, attention. Le hasard fait en sorte que les gens n'aient que ce qu'ils méritent.

— Vous m'avez joué un tour avec le premier vœu. Mais je suis plus intelligent que vous. Je sais exactement ce que je désire et vous devrez m'accorder ces vœux.

Les poings sur les hanches, il défiait le génie avec arrogance.

— Je veux être le garçon le plus riche qui ait jamais vécu. Et je veux être célèbre... l'une des personnes les plus célèbres du monde.

La lumière de la salle vacilla de nouveau, et les détails tourbillonnèrent dans un mélange indistinct d'ombres et de couleurs.

Lorsque tout redevint clair, Thierry était allongé sur le dos. Tous ses camarades de classe étaient assemblés autour de lui, impressionnés. Marielle se pencha vers lui, et il l'entendit murmurer :

— Incroyable !

— Super ! dit Maxime en le regardant droit dans les yeux.

Thierry se sentit triompher. Il essaya d'ouvrir la bouche pour crier «Je vous l'avais dit !», mais il ne se passa rien. En luttant pour s'asseoir, il réalisa que son corps ne répondait pas. La seule et unique chose qu'il pouvait ressentir était un froid intense, pénétrant, un froid d'outre-tombe. Ses narines étaient remplies de l'odeur d'innombrables siècles de décomposition.

Madame Rose se pencha au-dessus de Thierry. Elle souriait.

— Oui, chers enfants, cet enfant-roi était le plus riche des pharaons. Pendant sa courte vie, il était certainement l'une des personnes les plus importantes du monde. En fait, ce garçon a été le plus riche et le plus célèbre qui eût jamais vécu.

# LA BOÎTE

— **P**rêts, pas prêts, j'y vais!

Philippe découvrit ses yeux et jeta un coup d'œil autour de lui.

D'un côté, il apercevait un tapis de gazon court et dru qui semblait s'étendre sur des kilomètres. Le soleil faisait miroiter l'eau stagnante dans laquelle poussait l'herbe. Dans l'autre direction, de grands cyprès maigres s'élevaient du sol plat et détrempé, parsemé d'étangs peu profonds.

Philippe se tenait à l'ombre d'une épaisse rangée de chênes et de pins. Il semblait être seul, mais il savait qu'ils étaient tous là. Ses deux petites sœurs seraient les plus faciles à dénicher. Elles ne s'aventuraient jamais très loin dans le marais et elles riaient toujours.

Il remarqua un éclat rouge sur sa gauche et se dirigea dans cette direction en avançant avec précaution. Son père lui avait expliqué que les Indiens se déplaçaient de cette façon. Les seuls Indiens que Philippe avait vus étaient ceux qui vendaient des souvenirs au bord du chemin

Tikami, mais il adorait les coutumes indiennes et lisait tout ce qui lui tombait sous la main à propos des premiers habitants du marais.

Son père connaissait beaucoup d'Indiens. Il travaillait au service de prévention des inondations et en savait certainement beaucoup plus à propos de ce territoire que toute autre personne.

Une brindille craqua à quelques mètres de lui. Philippe se dirigea lentement vers une souche d'arbre à moitié pourrie et couverte de mousse. Deux petites filles étaient tapies derrière, tête contre tête, la main sur la bouche pour étouffer leurs rires.

— Je vous ai vues!

Les fillettes se sauvèrent en courant vers le but. Il n'y eut pas de véritable poursuite. Philippe les attrapa facilement et les déclara ses esclaves. Elles devraient attendre là jusqu'à ce qu'il ait trouvé Nathan et Marco.

Philippe s'engagea dans le marais. Il devait certainement y avoir des serpents par là, et peut-être même un alligator ou deux, mais ça n'était pas très dangereux et il était facile de s'y déplacer puisqu'une bonne partie du marais était à sec. En automne, le sol où il marchait serait recouvert d'eau boueuse pouvant arriver jusqu'aux genoux. À cause du danger qu'elle présentait, il n'avait alors pas le droit de venir y jouer.

Selon une légende indienne, d'étranges esprits vivaient dans cette partie du marais. Philippe avait vu des photos d'anciennes sculptures et peintures faites à même le roc de la région, où de curieuses créatures au visage long et aux yeux verts tombaient des étoiles jusque sur la Terre. La mère de Philippe disait qu'il existait suffisamment de dangers pour ne pas s'inquiéter en plus des êtres surnaturels.

Un bruissement attira l'attention de Philippe qui resta parfaitement immobile. Le bruit venait d'un tas de feuilles mortes, au pied d'un arbre. Il s'accroupit alors lentement et ramassa une petite pierre. Après avoir visé soigneusement, il la lança. Quelques feuilles sèches craquèrent, un peu comme du papier, et un long lézard couleur moutarde sortit à découvert. Philippe bondit et l'attrapa en le tenant derrière la tête. La petite bête se tortillait dans sa main. Il entendit alors Nathan qui l'appelait. Il avait complètement oublié le jeu! Il relâcha son prisonnier et le regarda aller se mettre à l'abri.

— Je suis ici! cria Philippe dans ses mains mises en porte-voix.

Au bout d'un moment, deux garçons déboulèrent dans la prairie. Ils étaient très essoufflés et essayaient de parler en même temps. Nathan réussit enfin à dire quelques mots entre deux halètements.

— Nous… avons trouvé… quelque… quelque chose… là-bas. Viens voir.

Marco approuva d'un signe de tête en essayant de renouer ses lacets. Philippe se dit que ça devait être très important.

— Qu'y a-t-il ? Des Indiens ?

— Mieux que ça, murmura Nathan. C'est un passage secret !

— Allez, c'est une blague ? Par ici ?

— Je le jure ! dit Nathan en levant sa main gauche.

Il n'était pas particulièrement brillant et redoublerait sa cinquième année cet automne, mais lorsqu'il donnait sa parole, personne ne la mettait en doute.

— D'accord. Allons-y !

Le soleil était au zénith lorsque les trois amis atteignirent un large tertre sous les cyprès et les pins broussailleux. Marco pointa du doigt des traces de puma qui allaient jusqu'aux épaisses broussailles. En fait, ils n'avaient encore jamais vu de puma sauvage, mais la nuit, en sécurité dans leur lit, ils avaient tous entendu les rugissements du félin prédateur.

Ils tombèrent peu après sur les restes d'un infortuné tatou.

— Je n'aime pas cet endroit. Je pense que nous nous sommes trop éloignés, murmura Marco. Nous devrions peut-être laisser tomber.

— Non, ne t'inquiète pas.

Philippe jeta une poignée de terre sur le tatou. Un nuage de mouches s'envola.

— Venez, c'est par ici, dit Nathan en contournant la carcasse.

Nathan les guida jusqu'en haut d'un large monticule. Il n'était élevé que de quelques mètres, mais c'était suffisant pour que ce bout de terre se trouve au-dessus du niveau de l'eau à la saison des pluies.

Philippe, offusqué, donna de petits coups de pied dans un tas de chaume.

— Il n'y a rien ici.

Soudain, il se sentit dégringoler. Sa jambe glissa et traversa le chaume emmêlé jusqu'à la cuisse. Il n'y avait rien d'autre qu'un espace vide sous son pied. Il revint d'un bond sur le sol.

— Ça alors ! Qu'est-ce que c'est ?

Nathan tira hardiment sur les plantes enchevêtrées.

— Il m'est arrivé la même chose. C'est comme ça que nous avons trouvé le trou. Regarde.

Il arracha une grosse touffe d'herbe.

Philippe s'étendit sur le ventre et fixa le trou noir, béant. L'air froid et humide lui piqua les narines. En bas, tout en bas, il aperçut quelque chose.

— Veux-tu descendre? lui demanda Nathan en le poussant du coude. J'ai ma petite lampe de poche.

— Nous ne savons pas ce qu'il y a là-dessous, Nathan. Nous n'avons, en plus, aucun moyen de descendre.

Philippe savait que le marais pouvait réserver de nombreuses surprises et qu'une telle exploration pouvait être dangereuse.

— Regarde. Il y a un escalier.

Nathan dirigea son faisceau de lumière sur de grossières marches en pierre qui s'enfonçaient dans l'obscurité.

— Les filles! Je les ai laissées seules. Elles ne savent pas où nous sommes, dit Philippe.

— Ne t'inquiète pas. Quand elles en auront assez d'attendre, elles rentreront à la maison.

— D'accord, fit Philippe. Mais Marco restera ici pour monter la garde au cas où nous aurions besoin d'aide.

Nathan acquiesça d'un signe de tête.

Les deux garçons s'engagèrent donc dans l'ouverture. Nathan descendit le premier, muni de sa lampe de poche. Ils eurent du mal à garder les pieds sur les marches humides et glissantes.

— Hé! Marco! cria Nathan. Essaie d'arracher encore quelques plantes.

Ils reçurent une pluie de feuilles sèches, d'herbes et de brindilles lorsque le garçon tira sur les broussailles au-dessus de leur tête. Un enchevêtrement de plantes céda dans un grand bruit, et la lumière du soleil jaillit dans le trou.

L'endroit où se trouvaient les deux garçons prit forme autour d'eux. Le passage avait environ deux mètres de large et les marches, creusées à même le roc, s'incurvaient sur cinq mètres environ vers une petite ouverture dans le mur opposé. L'humidité suintait de tous les côtés.

— Je me demande pourquoi cet endroit n'est pas sec comme tout le reste, souffla Nathan.

— Il se trouve probablement sous le niveau de la mer et la pierre à chaux est très poreuse.

Nathan se tourna vers Philippe en haussant les sourcils.

— Comment sais-tu ça?

— Mon père me l'a expliqué. Il m'emmène de temps en temps en voyage d'étude, comme il dit. Nous faisons des expériences. Ici, tout n'est que sable, boue et pierre à chaux.

Ils se dressèrent devant l'ouverture, au pied des marches. Nathan plongea le faisceau de sa lampe de poche dans l'étroit passage, mais sans grand succès.

— Tu viens? s'enquit-il.

Philippe, mal à l'aise, essaya d'affermir sa voix. Il voulait faire demi-tour et quitter cet endroit le plus vite possible, mais sa curiosité l'emporta.

— Bien sûr. Allons-y.

Ils entrèrent dans le passage voûté et se retrouvèrent dans une petite grotte peu profonde qui, au premier abord, leur sembla vide.

— Attention, avertit Philippe, il pourrait y avoir des serpents.

Nathan éclairait le sol dans un mouvement de va-et-vient. Soudain, il s'écria :

— Phil ! Regarde !

À quelques mètres, une pierre rectangulaire massive s'élevait de la boue puante. Elle était très large et leur arrivait presque à la hauteur des épaules. Une immense plaque était posée sur le dessus.

Des personnages et des dessins compliqués, certains familiers, d'autres pas, étaient gravés sur les côtés.

— C'est un lieu indien, murmura Philippe. Ça ressemble à un autel ou quelque chose du genre.

— Tu veux dire un endroit où ont eu lieu des sacrifices ?

— Oui. Ou une tombe... je ne sais pas.

— Regarde !

Nathan dirigea le faisceau de sa lampe vers une large cavité dans la roche. Une boîte grise et lisse, de la grosseur d'une boîte à chaussures, y était nichée. Elle était ornée de coquillages et de pierres.

— Qu'est-ce que c'est?

Philippe s'approcha sur la pointe des pieds.

— Je ne sais pas. Ça semble être du métal. Cet objet n'a certainement pas été fabriqué par les Indiens. Mais il y a des chapelets de coquillages tout autour, et les Indiens croyaient que ces coquillages avaient des pouvoirs magiques. Ils les utilisaient pour immobiliser et retenir leurs ennemis.

— Tu veux dire que les Indiens auraient emprisonné un animal ou autre chose, ici? dit Nathan en reculant de quelques pas. Comment pouvaient-ils savoir que ça ne s'échapperait pas?

— Selon la légende, les esprits des ancêtres sont enfermés dans ces coquillages. Les esprits ont la responsabilité de retenir l'ennemi, mais ils ne peuvent y arriver que si les chapelets de coquillages sont intacts. Et la personne, quelle qu'elle soit, qui a déposé cette boîte ici a utilisé une grande quantité de ces chapelets.

Philippe jeta un regard à son ami.

— Ils devaient avoir terriblement peur de ce qui se trouvait dans cette boîte. Ils ont usé de sortilèges extrêmement puissants.

— Emportons cette boîte avec nous, suggéra Nathan.

Philippe se mit à trembler. Il souhaitait lui aussi faire ce que Nathan lui suggérait, mais une peur terrible le tenaillait.

— Ne serait-il pas plus prudent de ne rien toucher?

— Tu ne crois pas sérieusement aux histoires de magie? Je parie que ton père serait fier que tu aies découvert cette boîte!

C'était vrai. Philippe savait que son père était à la recherche de ce genre d'objets au cours de ses voyages.

Nathan le poussa en avant.

— Vas-y! Prends-la!

Tremblant de peur et d'excitation, Philippe tendit le bras et saisit la boîte. Mais, lorsqu'il essaya de la soulever, elle sembla soudée à la pierre. Fermant les yeux, il tira plus fort. Brusquement, les fils qui retenaient les coquillages cédèrent, et il tomba à la renverse. Quelque chose d'invisible heurta son pied puis s'éloigna en glissant dans la vase. Un vent glacial s'engouffra dans la grotte. Philippe entendit soudain des voix murmurer:

— Non! Ne les libère pas!

Aussi invraisemblable que cela puisse paraître, des centaines de mains fantômes tiraient sur ses doigts et s'agrippaient désespérément à la boîte. Dans l'obscurité, il vit le coffret se mettre à briller et il le sentit devenir tiède entre ses mains.

Pris de panique, Philippe avança en titubant pour remettre l'objet à sa place. Mais c'était trop tard. Les coquillages s'effritèrent, l'immense plaque de pierre se mit à glisser et il vit que le roc massif en dessous était creux. Il y avait, à l'intérieur, deux grands cylindres ressemblant à des cercueils.

Terrifiés, cloués sur place, les garçons regardèrent les couvercles des deux cylindres se soulever lentement dans un nuage de gaz dégageant une odeur de médicament.

La lampe de poche de Nathan glissa de sa main dans la boue qui recouvrait le sol. Une lueur sinistre filtrait maintenant de la pierre et illuminait la grotte. Soudain, une créature de couleur argent sortit de chaque cylindre. Chacune avait un long visage et de grands yeux félins, vert émeraude. L'une tendit la main vers Philippe et, à travers ce qui pouvait ressembler à un sourire, dévoila des dents inégales et pointues.

Bien qu'elle n'eût pas véritablement parlé, Philippe la comprit parfaitement.

— La boîte, ordonna-t-elle. Donne-moi la boîte.

Philippe fit volte-face, escalada les marches à toute allure et sortit du trou, suivi immédatement de Nathan.

Marco les pressa de questions.

— Alors, les gars, qu'avez-vous vu ? Qu'avez-vous trouvé ?

— Courons ! Filons d'ici ! hurla Philippe. Ils sont juste derrière nous !

Nathan était à peine sorti du trou qu'un éclair vert jaillit et l'enveloppa. Puis il y eut un grésillement, et Nathan disparut. Une odeur de chair calcinée s'éleva dans l'air.

Les créatures apparurent alors dans l'ouverture et élevèrent leurs armes vers les deux autres garçons.

Ces derniers prirent la fuite en laissant tomber la boîte.

Un autre éclat de lumière verte frappa le sol à la droite de Philippe ; une grande étendue de végétation étincela et disparut. Il entendit Marco pousser un hurlement terrifiant, puis perçut à nouveau l'horrible grésillement.

Chancelant, Philippe retrouva son équilibre et s'enfonça toujours en courant dans le marais. Il ne pensait plus aux serpents, ni aux alligators, ni à la nuit qui allait bientôt tomber. Il ne pensait à rien d'autre qu'à fuir.

L'une des créatures s'agenouilla à l'entrée de ce qui avait été sa tombe, souleva avec précaution la boîte métallique et l'ouvrit. De minuscules fils enchevêtrés s'y trouvaient, de même qu'un clavier couvert d'étranges symboles.

Comme elle la tenait, les tubes s'illuminèrent et un bourdonnement retentit dans la boîte. La créature appuya sur quelques touches puis se tourna vers son camarade qui regardait Philippe disparaître dans l'immense étendue d'herbe rase.

— Laisse-le partir. J'ai transmis notre position. Ça ne l'avancera à rien de courir. Et puis nous devrions lui être reconnaissants. Sa curiosité nous a permis de recouvrer la liberté. La dernière fois, nous avons sous-estimé les Terriens, et ils nous ont emprisonnés pendant que nous étions dans nos cellules énergétiques. Cette fois, nous ne prendrons aucun risque.

Un peu passé l'orbite de Pluton, le vaisseau spatial aux lignes pures atteignait sa destination lorsqu'un signal lui parvint.

— Capitaine, nous captons un signal d'urgence transmis depuis ce système solaire par Zénith 3.

Le capitaine plissa ses grands yeux félins vert émeraude.

— Avons-nous une équipe là-bas ?

— Oui, monsieur. Elle s'y trouve depuis sept cents années planétaires.

— C'est un monde très primitif. Notre équipe devrait avoir pris le pouvoir depuis longtemps ! Il a dû se produire quelque chose de grave. Armez tous les vaisseaux de soutien. Formez le quart de cercle ! Programmez la vitesse de croisière des vaisseaux à Mach 20. Allons-y à pleine puissance !

\* \* \*

Très loin de là, Philippe s'effondrait, épuisé, contre un rocher et frottait ses genoux écorchés et pleins de sang.

Il semblait avoir couru pendant des heures. Il entendit, au loin, le rugissement d'un puma en train de chasser.

— Ça ira, essaya-t-il de se convaincre. Je ferai demi-tour demain et j'irai avertir mon père. Il saura quoi faire.

Philippe s'étendit sur le dos et s'installa confortablement pour observer les étoiles. Il s'endormit sans remarquer les dizaines de points lumineux qui grossissaient dans le ciel et qui s'approchaient... inexorablement.

# LE POUCE VERT

— Où vas-tu, jeune fille? demanda madame Guérin alors que Léa filait vers la porte de la cuisine.

— Je vais avec papa. Le jury se réunit aujourd'hui pour le concours des plus grosses tomates.

Sa mère secoua la tête.

— Tu sais très bien que tu remporteras ce concours, comme tu l'as fait les trois dernières années.

— J'espère bien!

La fillette s'empara d'un muffin encore tout chaud et se précipita à l'extérieur.

Léa grimpa à toute vitesse sur le siège de la camionnette rouge de son père.

— Prête? lui demanda ce dernier en souriant.

Léa, la bouche pleine, acquiesça d'un signe de tête.

— Cette année, grâce au terreau spécial dont tu t'es servie, tes tomates sont encore plus belles.

45

Son père sortit la camionnette de l'allée et l'engagea sur l'étroit chemin de terre qui menait à l'autoroute.

— C'est vrai. Mais je pense avoir eu une idée pour que les plants croissent plus rapidement. J'ai mélangé le terreau au vieux tas de compost, derrière le mur de pierre à l'autre extrémité de la maison. Tu n'y vois pas d'inconvénient ?

— Bien sûr que non. Personne ne va jamais derrière ce mur.

Le lendemain matin, Léa se réveilla très tôt. Elle sortit d'abord un bol de lait pour Jules, son chaton rayé blanc et roux, puis elle rangea fièrement son nouveau ruban bleu à côté des autres, exposés dans une vitrine, au salon.

Plus tard, Léa et sa mère dégagèrent un grand carré de terre près de la grange pour y semer des citrouilles. Léa étendit une épaisse couche de son nouveau terreau sur le sol qu'elle sarcla ensuite soigneusement.

Après le déjeuner, elle partit à vélo chercher la commande que sa mère avait passée au magasin.

— Bonjour, Léa! dit monsieur Keller, l'épicier. La commande est prête, et j'ai aussi quelque chose pour toi.

Il lui tendit un magazine.

— C'est arrivé avec les catalogues de semences. C'est le seul exemplaire et comme il y est question de plantes exotiques, j'ai pensé que peut-être tu y trouverais quelque chose de spécial pour ton jardin.

— Oh! merci, monsieur Keller! s'exclama Léa en glissant le cadeau dans son sac d'épicerie.

De retour chez elle, elle se pelotonna sur la banquette du renfoncement de la fenêtre de sa chambre avec le magazine. Jules vint s'étendre tout doucement près d'elle, au soleil.

Une petite annonce au dos de la couverture attira son attention. «Qu'est-ce que c'est?» se dit-elle.

Le chaton leva les yeux comme s'il attendait qu'elle se remette à parler.

*Stupéfaction garantie*, était-il écrit. *La plante grimpante la plus rare du monde. Exclusivement réservée aux jardiniers les plus doués.* Léa était intriguée et eut envie de relever le défi. Elle remplit le bon de commande et le posta le jour même.

Moins d'une semaine plus tard, une petite boîte adressée à Léa et portant simplement la mention «graines» arriva par la poste. Elle l'ouvrit rapidement, déchira l'enveloppe qu'elle contenait et fit tomber quelques petites graines rouges et délicates dans sa main.

— Quelles sont ces graines? se demanda-t-elle.

Le mode d'emploi inscrit sur l'enveloppe indiquait simplement de les semer à la surface du sol et de les fertiliser avec de l'engrais de cendre d'os. Léa demanda à sa mère la permission de semer ces graines étranges dans une partie du carré réservé aux citrouilles.

Deux jours plus tard, les premières pousses sortirent timidement du sol riche. Au bout d'une semaine, la plante était déjà haute de plusieurs centimètres.

— Jules! Peux-tu croire une chose pareille?

Léa s'accroupit auprès des jeunes plants et caressa l'une des feuilles d'un vert vif. De longues vrilles fines s'élevaient des tiges.

— Je n'ai jamais rien vu pousser aussi vite, s'exclama Léa.

Jules ne semblait pas particulièrement intéressé. Il avait découvert un petit trou dans le sol et était très occupé à essayer de déterrer l'animal qui l'avait creusé. Léa se redressa et observa son chaton tout rond.

Il était maintenant captivé par un grillon qu'il faisait sauter en l'air avec sa patte. D'un coup bien placé, il assomma l'insecte.

— Brave chaton. Continue comme ça. Tu deviendras un bon chasseur.

Léa se dirigea vers la maison, puis s'arrêta net. Il lui semblait avoir entendu un léger soupir. «Ce doit être le vent», se dit-elle.

Derrière elle, une tige serpenta au-dessus du sol à la manière d'un lasso et s'empara du grillon immobile. Jules, les oreilles rabattues à l'arrière, montra les dents et se mit à grogner tandis que la tige entraînait le petit corps inerte sous terre.

❊ ❊ ❊

Pendant l'été, Léa qui aimait s'endormir en écoutant les bruits nocturnes laissait la fenêtre ouverte. Un soir, alors qu'elle était sur le point de s'endormir, elle entendit un son étrange. Ouvrant tout grands les yeux, elle écouta attentivement. C'était un soupir léger, presque un gémissement.

Où l'avait-elle déjà entendu? Se levant sans bruit, elle alla jusqu'à la fenêtre et scruta l'obscurité. Un petit cri aigu s'éleva dans la nuit, puis un autre. Ces petits cris provenaient du jardin. Encore une fois, tout était immobile. «On dirait des souris, se dit-elle. Jules doit être en train de rôder. »

À partir de cette nuit-là, Léa entendit chaque soir ces cris de terreur. Elle surveillait chaque jour son étrange plante qui semblait plus luxuriante d'heure en heure.

Le mur de la grange était presque entièrement couvert de longues vrilles. La plante était remplie de fleurs rouge sang en forme de trompette, et huit longues cosses noueuses pendaient des tiges les plus hautes.

Un matin, elle décida de répandre encore un peu de terreau miracle au pied du plant. Léa n'avait, cependant, pas la tête à son travail. Tout en creusant la terre de ses mains, elle s'inquiétait au sujet de Jules, son chaton, qui ne s'était pas montré au déjeuner.

Elle était en train de se dire qu'il fallait qu'elle parte à sa recherche, lorsqu'elle ressentit une légère piqûre. Retirant vivement sa main, elle aperçut une petite goutte de sang perler au bout de son doigt.

«J'aurais dû enfiler des gants», grommela-t-elle.

Elle remarqua alors qu'une racine sortait du sol. Sa pointe claire et verdâtre était tachée d'un peu de sang.

Soudain, la racine frémit et s'avança lentement vers le doigt de Léa. Cette dernière retira brusquement sa main. «J'ai dû travailler trop longtemps au soleil. Mon imagination me joue des tours », se raisonna-t-elle.

❋ ❋ ❋

— Ton terreau accélère sans aucun doute la croissance des plantes, commenta sa mère ce soir-là. J'en ai mis une petite quantité dans mes azalées et elles ont poussé de trente centimètres en moins d'une semaine. Je n'ose imaginer le résultat que donnerait une grosse quantité de ce fertilisant. Je ne pense pas avoir vu de vigne aussi saine.

— Merci, répondit Léa.

Elle ne pouvait s'empêcher de penser que cette vigne avait quelque chose d'étrange.

— Je pense que notre petit Jules mérite nos félicitations, lui aussi, ajouta son père. Il est devenu un excellent chasseur de souris. Je n'en ai pas vu la moindre dans la grange depuis plus d'une semaine. D'ailleurs, où est-il ?

— Je n'en sais rien, papa. Je ne l'ai pas vu depuis hier. Je l'ai cherché tout l'après-midi.

Son père eut soudain un air songeur :

— C'est bizarre. Maintenant que j'y pense, plusieurs animaux ont disparu, dernièrement. Lise Bernier m'a dit que la chèvre de son fils s'était volatilisée.

— Je suis sûre que Jules va bien, ma chérie, dit sa mère en lui tapotant la main. Les chats savent se débrouiller. Il reviendra.

— Je l'espère.

Comme Jules ne se montra pas le lendemain matin pour le déjeuner, Léa eut un mauvais pressentiment. Elle décida d'aller explorer de nouveau la grange qui servait principalement de remise.

Cet endroit constituait une cachette parfaite pour les rongeurs et un terrain de chasse idéal pour un chat rusé. La vieille porte en bois grinça lorsque Léa entra dans le bâtiment sombre et frais.

— Jules! Jules, où es-tu, mon chaton?

Pas de réponse. Son père avait raison, il n'y avait pas la moindre souris. En fait, il semblait ne pas y avoir d'insectes non plus ni rien de vivant… sauf…

En scrutant la base du mur, elle vit que des douzaines de tiges vertes et bouclées avaient poussé à travers les fentes du plancher. Dans un coin sombre, une pousse était enroulée si serrée autour de quelque chose qu'elle était incapable de deviner ce que c'était. Elle s'en approcha et poussa la vigne du pied. La queue flasque d'un animal mort dépassait de la bobine de fil végétal.

Léa sentit ses cheveux se dresser sur sa nuque. Là, près du corps inerte, elle vit le collier bleu de Jules...

Quelque chose lui effleura la jambe.

— J-J-Jules?

Elle souleva une énorme feuille et, horrifiée, sentit une vrille épaisse s'enrouler autour de sa cheville. Elle hurla de toutes ses forces:

— Papa! Papa!

En un instant, ses parents furent près d'elle.

— Elle m'attaque! Enlève-la! Enlève-la!

Son père coupa vivement la tige à l'aide d'un couteau.

— Léa, qu'y a-t-il? Calme-toi.

— La plante, sanglota-t-elle. C'est à cause d'elle qu'il n'y a plus de souris. Elle a attrapé Jules aussi. J'en suis sûre.

— C'est impossible, ma chérie, dit sa mère en lui caressant les cheveux. Ce n'est qu'une plante. Tu t'es simplement entortillée dedans. Mais si elle t'inquiète, nous allons l'arracher.

— Et la brûler?

— Oui, si ça peut te rassurer.

Une heure après, monsieur Guérin avait déterré la plante.

Lorsqu'il revint dans la maison, il dégageait une légère odeur de fumée.

— L'as-tu brûlée, papa?

— Oui. J'ai brûlé chaque feuille, chaque fleur et toutes ces drôles de cosses.

Il préféra ne pas parler à Léa de la quantité de petits os qu'il avait découverts près des racines.

\* \* \*

Cette nuit-là, Léa était étendue dans sa chambre. Ses parents étaient déjà couchés lorsqu'elle entendit de nouveau le bruit. Il ne provenait pas du jardin, près de la grange, mais plutôt de l'autre côté de la maison, au-delà du mur de pierre qui se trouvait à une trentaine de mètres. Le bruit venait de l'endroit où elle avait si soigneusement entretenu son tas de terreau.

— Jules? Il revient. Son escapade est terminée, murmura-t-elle.

Léa enfila ses pantoufles et descendit à pas de loup dans la cuisine. Elle s'empara de la lampe de poche accrochée près de la porte et se précipita dehors.

La nuit était noire et sans lune. Elle pointa le faisceau lumineux près du sol pour éclairer son chemin.

En marchant, elle appelait doucement:

— Ici, chaton. Ici, Jules, viens.

De petits cailloux dégringolèrent lorsqu'elle escalada le vieux mur de pierre. Un léger bruit, à peine plus audible qu'un gémissement, la fit sursauter. Stupéfaite, elle leva sa lampe de poche. Son faisceau illumina une vigne immense qui avait poussé à même le tas de terreau et qui couvrait entièrement le mur.

Avant que Léa n'eût le temps de faire un geste, une mince vrille se glissa autour de son cou... et ses feuilles couvrirent son visage. La lampe de poche roula sur le sol.

Le faisceau de lumière s'estompa lentement à l'approche de l'aube. Une douce brise faisait bruire la robuste vigne. À la cime de la plante, une cosse noueuse s'ouvrit brusquement. Le vent souleva les petites graines rouges qu'elle contenait et les entraîna dans l'air, les dispersant dans toutes les directions.

# LE CAUCHEMAR

**T**homas était pressé : bientôt, il tiendrait entre ses mains le plus récent numéro de *Créatures monstrueuses.*

Il devait retrouver ses amis Sandra et Charles à la librairie, après l'école. C'était le jour de livraison des magazines. Ce mois-ci, le numéro était très volumineux ; il renfermait tous les détails concernant un concours de dessin auquel Thomas voulait participer.

Thomas était un amateur de récits *Frankenstein, Dracula, Le Loup-garou, La Créature de la lagune du Diable,* il connaissait toutes ces histoires dans leurs moindres détails.

Les histoires de fantômes lui plaisaient bien aussi, et il ne dédaignait pas les aventures extraterrestres, mais les histoires de monstres étaient ses préférées. Plus elles étaient effrayantes et horribles, plus il en raffolait. Son cahier était rempli de dessins de bêtes aux dents pointues et l'écume à la bouche errant dans de sombres ruelles à la recherche d'innocentes victimes.

Lorsqu'il arriva à la librairie, ses amis y étaient déjà. Charles était penché sur le *Labyrinthe du monstre*, le jeu proposé à la dernière page du magazine. Sandra, elle, sirotait une boisson gazeuse et était totalement absorbée par sa lecture.

Thomas appuya doucement son vélo sur la béquille, se glissa derrière ses amis et rugit :

— Grrr !

Les deux jeunes sursautèrent. Sandra laissa tomber sa canette, et une petite flaque brune et pétillante se forma sur le trottoir.

— Thomas ! Tu m'as fait peur !

— Oh ! Excuse-moi. Je vais t'acheter une autre boisson.

— Non, ça va.

Sandra pointa du doigt la page couverture de *Créatures monstrueuses*. Une grande bête mince, couverte d'écailles et d'algues verdâtres, y était illustrée. Ses membres antérieurs étaient décharnés et pendaient. Des traces ruisselantes s'étendaient du lac jusqu'à la porte d'une cabane... où vivaient sans doute des êtres humains sans méfiance. L'histoire s'intitulait : «La créature du lac fatal».

— Il y a plusieurs histoires géniales ce mois-ci. Cette créature est assez terrifiante pour me donner des cauchemars pendant une bonne semaine !

Charles bondit sur ses pieds.

— Regarde ce que je préfère. Ça, c'est le cauchemar assuré !

Et il lui montra une créature hideuse dont l'unique œil ressemblait à celui d'une mouche. De son énorme cerveau, d'aspect huileux, sortaient des vaisseaux sanguins qui s'entrelaçaient sur sa tête hypertrophiée.

— Que ferais-tu si tu te trouvais face à face avec ce monstre lors de ton prochain voyage au pays des rêves ?

Thomas, nerveux, éclata de rire. Il avait fait, dernièrement, quelques rêves peu agréables. Bien qu'ils eussent été inquiétants, il avait volontairement décidé de ne pas en parler à ses parents. Sa mère n'aimait pas le voir lire ces magazines et, s'il lui parlait de ses cauchemars, elle lui interdirait ce genre de lecture.

— Ouais ! Et imagine à quel point cette créature serait effrayée si elle t'apercevait ! répliqua Thomas en cherchant à cacher sa propre inquiétude.

Thomas attrapa un exemplaire du magazine, le paya à la caisse et sortit en le feuilletant.

Ils habitaient tous dans la même rue, cinq coins de rue plus loin. Sous le soleil déclinant de cette fin d'après-midi, Thomas fit rouler son vélo à côté de lui alors que ses amis et lui rentraient chez eux.

— Lequel trouvez-vous le plus effrayant ? demanda Charles. Le cerveau extraterrestre ou la créature du lac ?

— Ils ne sont effrayants ni l'un ni l'autre, répliqua Thomas. Moi, je pourrais inventer une créature plus effroyable que ces deux réunies.

Sandra fronça les sourcils.

— Ah oui ! Et quel genre de monstre serais-tu capable d'imaginer ?

Thomas réfléchit un instant, puis commença à décrire son ultime terreur : le monstre qui venait hanter ses rêves depuis quelque temps.

— Avant toute chose, il aurait environ ma taille et...

— Oh ! Allez ! En quoi quelqu'un de petit est-il effrayant ?

Charles taquinait toujours Thomas, qui était le plus petit de la classe.

— Ne ris pas ! Grâce à sa petite taille, un monstre peut s'approcher plus facilement de ses proies. Il peut même se cacher dans un coin de ta chambre !

Charles et Sandra se regardèrent.

Le soleil allait atteindre la ligne d'horizon. Les ombres des arbres s'étiraient vers eux comme de longs doigts sombres.

— La taille importe peu, continua Thomas. Mon monstre aura une force phénoménale. Il pourra déboîter ton bras de son articulation sans aucune difficulté.

Sandra s'arrêta brusquement. Elle scruta les branches d'une petite haie juste devant eux.

— Avez-vous vu ? demanda-t-elle.

— Non. Quoi ? questionna Charles d'une voix où perçait l'inquiétude.

— C'était sombre et poilu, une espèce de gros chien ou un ours ou...

Charles éclata de rire.

— Oh ! arrête ! Il n'y a pas d'ours par ici !

— C'est vrai, renchérit Thomas. Il n'y a pas d'ours.

Sachant qu'il rendait ses amis nerveux, Thomas poursuivit :

— Et il ne s'agissait certainement pas d'un chien non plus. Sa fourrure était brune et drue, n'est-ce pas, Sandra ?

Cette dernière hocha la tête, les yeux écarquillés.

— Et si tu avais mieux observé, tu aurais vu ses yeux rouges et brillants et ses longues griffes étincelantes.

Un bruissement dans les buissons les fit marcher un peu plus vite. Thomas commençait à être nerveux, mais il avait réussi à capter l'attention de son auditoire : ce n'était pas le moment d'abandonner.

— Le monstre de l'ombre possède quelque chose d'encore plus long et plus pointu que ses griffes... ce sont ses dents. Il a aussi une immense langue rugueuse.

Thomas était particulièrement enchanté de ce détail. Il avait lu que les lions avaient une langue rugueuse qui leur permettait de décaper les os de leurs proies, et ça semblait convenir parfaitement à son monstre. C'était en tout cas très efficace. Sandra et Charles souriaient, incertains.

— Nous devrions nous dépêcher, dit Charles. La nuit tombe.


Ils parcoururent une autre portion de rue en un rien de temps. Thomas salua ses amis d'un signe de la main. Il enfourcha son vélo et parcourut seul le dernier bout de chemin.

Alors que les ombres s'allongeaient, il crut percevoir un autre bruit. Ça ressemblait à un grattement. Il se retourna et jeta un coup d'œil derrière lui. Il n'y avait rien. Il pédala un peu plus vite vers sa maison.

❋ ❋ ❋


Après le souper, Thomas fit ses devoirs, puis se prépara pour aller se coucher. Ses parents lui permettaient toujours de lire un peu dans son lit, et il en profita ce soir-là pour terminer *Créatures monstrueuses.* Lorsque ses parents vinrent lui dire d'éteindre, sa mère prit le magazine et le feuilleta.

— Je n'aime vraiment pas que tu lises ce genre de chose, Thomas. J'ai peur que tu fasses des cauchemars.

Son père vint à son secours.

— Ces histoires sont de simples fantaisies. J'en lisais aussi lorsque j'étais enfant. C'est amusant.

— Papa a raison. C'est seulement pour m'amuser. Je ne crois pas du tout à ces histoires. Inutile de t'inquiéter, maman.

Pourtant, une fois que ses parents eurent éteint la lumière et fermé la porte, Thomas remonta sa couverture jusque sous son menton. Il scrutait les coins sombres de sa chambre. Puis, lentement, il glissa dans le sommeil.

Dans son rêve, Thomas venait de faire un coup de circuit et atteignait le dernier but lorsqu'il sentit quelque chose derrière sa jambe. La sensation était suffisamment forte pour le tirer de son sommeil.

Thomas remua sa jambe. Il avait la sensation que quelque chose de rugueux se trouvait derrière son genou. Il ouvrit les yeux. Il était tout à fait réveillé maintenant ; il faisait face au mur.

Se tournant alors légèrement, il aperçut une silhouette pendant un bref instant. Elle n'était pas très grande, mais semblait très puissante et était couverte d'une fourrure drue et foncée. Une main poilue reposait au bord du lit, et la clarté de la lune lui révéla ses longues griffes luisantes. Thomas réalisa alors avec horreur que la chose léchait son mollet de sa langue rugueuse.

Rassemblant tout son courage, Thomas dégagea brusquement sa jambe et roula de l'autre côté de son lit.

La créature se redressa et poussa un cri de frayeur. Il put voir ses yeux rouge sang s'écarquiller avant qu'elle se précipitât vers la porte.

Thomas saisit sa lampe de chevet et la lança vers la créature en hurlant :

— Maman ! Papa !

La bête rugit et lui envoya un grand coup de griffe. Thomas réussit à l'éviter.

La voie menant à la porte était maintenant dégagée, mais lorsqu'il essaya de sauter du lit, ses pieds s'entortillèrent dans les draps et il tomba par terre, se cogna la tête si fort qu'il en fut étourdi.

Le monstre grognait. Thomas pouvait voir ses crocs semblables à des poignards dégoulinant de salive.

Terrifié, Thomas sauta sur ses pieds et se précipita vers la chambre de ses parents. Il trouva leur porte grande ouverte.

À la lueur de la lune provenant de l'unique fenêtre ouverte, Thomas distingua deux grandes silhouettes dans le lit, immobiles sous les draps tachés de sang.

Horrifié, Thomas s'appuya contre le cadre de la porte.

— Non, c'est impossible ! gémit-il.

Pour toute réponse, il entendit la démarche traînante de la créaturee qui se dirigeait vers lui en reniflant et en bavant.

Thomas recula lentement dans la chambre de ses parents. La créature s'arrêta un instant sur le pas de la porte et regarda les silhouettes immobiles dans le lit comme si, elle aussi, les reconnaissait.

Gémissant doucement, elle avança d'un pas incertain vers le lit puis, soulevant sa lèvre dans une horrible grimace, se dirigea de nouveau vers Thomas. Horrifié, le garçon recula aussi loin qu'il put. Il se trouva coincé contre une commode. Il glissa ses mains sur le dessus verni jusqu'à ce qu'il touche quelque chose de familier. C'était un grand panier de couture. Du coin de l'œil, il aperçut, un peu plus loin sur la commode, des ciseaux pointus. Thomas tendit les doigts vers l'instrument tout en gardant les yeux sur les pupilles cramoisies de la créature.

Soudain, la chose bondit. Ses griffes, coupantes comme des rasoirs, se tendirent vers la gorge de Thomas. Le garçon ressentit une douleur aiguë, puis quelque chose de chaud et humide coula sur son cou. Il fit un effort désespéré et réussit à s'emparer des ciseaux. Il frappa le monstre de toutes ses forces, tailladant profondément l'une de ses pattes.

La bête rugit de douleur.

Au bout de quelques secondes, la lumière de la chambre s'alluma, révélant une créature poilue assise dans le lit, des murs tapissés d'affiches qui illustraient de féroces êtres humains et une étagère garnie de livres près du lit.

Les parents de la bête, inquiets, se précipitèrent vers la créature. La mère l'apaisa.

— Encore un cauchemar?

Elle ramassa un magazine qui avait glissé par terre, près du lit. La couverture illustrait un être humain en train de montrer les dents, menaçant. L'histoire s'intitulait: «Thomas la Terreur».

La grosse créature se tourna vers son compagnon:

— Je t'avais dit qu'il ne devait pas lire ces idioties avant d'aller se coucher.

Puis, revenant à son petit monstre gémissant, elle le borda de nouveau dans son lit.

— Ne pleure plus, mon tout-petit. Tout va bien maintenant. Les humains n'existent pas, ce ne sont que des êtres imaginaires.

# QU'ARRIVE-T-IL
# À MARTIN?

**N** icolas s'agita dans son lit. Quelque chose, dans son rêve, l'avait tiré de son sommeil.

Il faisait insupportablement chaud. Rejetant sa couverture, il roula sur le côté, inspira profondément et se mit à tousser de façon incontrôlable. Une sinistre lueur orange vacillante éclairait la chambre. L'air lui enflammait la gorge, et la fumée lui brûlait les yeux.

— Maman! Papa! hurla-t-il en tentant de repousser les flammes d'un rouge orangé qui léchaient le bord de ses draps. Maman! hurla-t-il encore, avant de s'asseoir brusquement dans son lit.

Les yeux exorbités, Nicolas regarda sa chambre sombre et fraîche. Il n'y avait pas de flammes, mais la sueur coulait le long de son cou et trempait le t-shirt qu'il portait pour dormir.

Nicolas n'avait que six ans lorsque ses parents étaient morts dans l'incendie qui avait détruit leur maison. Lui seul avait survécu à ce drame. Son rêve faisait ressurgir dans sa tête des images confuses de cette horrible nuit.

Contrairement à ce qu'il vivait dans son cauchemar, Nicolas n'avait pas vu de flammes cette nuit-là, mais des tourbillons de fumée noire, étouffante. Il s'était lentement et péniblement frayé un chemin hors de sa chambre, puis dans le couloir et enfin dans l'escalier.

Aveuglé par les larmes et la fumée, il avait essayé d'ouvrir la porte d'entrée mais elle était verrouillée. Paniqué, il avait alors saisi une lampe pour fracasser la vitre d'une fenêtre et s'était enfui de la maison en flammes.

La vitre cassée était probablement à l'origine de la profonde cicatrice qui ornait le côté gauche de sa poitrine. La seule chose dont il était absolument certain, c'est qu'il était le seul rescapé.

Nicolas passa ses doigts sur la cicatrice boursouflée. Il se souvenait à peine de ses parents. Et le feu avait tout détruit : les photos, ainsi que l'album de cartes de baseball qu'il avait fait avec son père.

Après le drame, il était allé vivre chez ses grands-parents pendant quatre ans. Mais, tout récemment, ceux-ci avaient décidé qu'il avait besoin d'être entouré d'enfants de son âge. Ils l'avaient donc envoyé vivre chez son oncle Paul et son cousin Martin qu'il avait rencontrés pour la première fois aujourd'hui.

Assis dans son lit, Nicolas écoutait les étranges bruits nocturnes de sa nouvelle maison. Dehors, un grillon chantait au clair de lune et, quelque part en bas, une planche craqua dans la nuit silencieuse.

Nicolas crut percevoir un très léger gémissement venant de la chambre de Martin, au bout du couloir. Puis le bruit cessa.

Il s'étendit et, en attendant de sombrer de nouveau dans le sommeil, il pensa à la journée qu'il venait de passer. Oncle Paul avait vraiment été très gentil. Lui et Martin étaient allés le chercher à la gare et l'avaient emmené manger le plus gigantesque, le plus délicieux *sundae* qu'il eût dégusté à ce jour. Oncle Paul l'avait regardé avaler chaque bouchée et avait semblé très satisfait. Martin n'avait pas dit grand-chose et s'était contenté d'une boisson gazeuse. Il avait alors été pris de hoquets, mais l'oncle Paul n'avait pas paru s'en inquiéter.

Nicolas sentit subitement ses paupières s'alourdir. Martin était peut-être simplement nerveux à cause de tous ces changements dans sa vie.

Nicolas pouvait très bien comprendre ça. Demain serait sa première journée à l'école du quartier. Aussi bizarre que cela puisse paraître, Nicolas serait heureux d'avoir Martin près de lui.

Il s'endormit enfin, les narines encore remplies d'une très légère odeur de fumée fantôme.

Le lendemain matin, Nicolas se sentit nerveux. Une fois habillé, il descendit pour prendre son déjeuner. Oncle Paul lui avait préparé des rôties et des œufs brouillés et lui avait versé un grand verre de jus d'orange fraîchement pressée.

— Bonjour, oncle Paul ! Ça semble délicieux, merci !

— Tu ne peux pas passer ta première journée à l'école l'estomac vide.

Paul sourit et désigna du doigt un sac en papier sur le comptoir de la cuisine.

— J'ai aussi préparé ton lunch. Ne l'oublie pas en partant !

Nicolas, un morceau de rôtie beurrée dans la bouche, regarda le sac.

— Merci !

L'homme poussa un petit pot de confiture vers son neveu.

— Tiens, mets-en un peu sur ton pain. C'est de la confiture de fraises.

— Non, merci. Je n'aime pas tellement les fraises.

Surpris, Paul haussa légèrement les sourcils et examina le pot qu'il tenait dans sa main.

— Tu n'aimes pas ça ?

— Non, je suis désolé.

Paul fixa Nicolas un instant, puis reposa le pot sur la table.

— J'étais persuadé que... bon, peu importe.

Entendant un bruit de pas dans le couloir, Nicolas se tourna et aperçut Martin qui entrait dans la cuisine.

— Hé! Martin! Tu devrais t'asseoir et prendre ton déjeuner avant que j'aie tout mangé.

Martin regarda la table puis le sac posé sur le comptoir.

— Je n'ai pas faim. Je pars maintenant.

Il ouvrit la porte moustiquaire qu'il laissa claquer derrière lui et commença à descendre l'escalier.

Nicolas avala une dernière bouchée, engloutit son verre de jus et attrapa en vitesse son sac à lunch.

— Martin! Attends-moi! Merci, oncle Paul. À plus tard!

Paul se leva et fit quelques pas vers la porte. Il resta là quelques instants à observer les deux garçons, puis il se mit à débarrasser la table. Il saisit le pot de confiture et l'examina attentivement.

— Ainsi, il n'aime pas les fraises.

À bout de souffle, Nicolas rattrapa Martin à l'arrêt d'autobus.

— Hé! pourquoi es-tu si pressé?

Martin lui jeta un regard en coin comme s'il essayait de mettre de l'ordre dans ses idées. Lorsque l'autobus arriva, il y grimpa sans un mot. Il s'installa sur le siège le plus proche et ouvrit un livre. Nicolas s'assit à côté de son cousin, et ils firent le trajet jusqu'à l'école sans échanger un seul mot. À midi, Nicolas trouva Martin assis, seul, sur un banc dans la cour.

— Salut, Martin! As-tu oublié ton dîner?

Nicolas s'assit sur le banc.

— Si tu as oublié ton lunch, nous pouvons partager le mien.

— Je ne dîne pas.

Martin se leva vivement et s'éloigna. Nicolas resta un moment les yeux posés sur lui, puis il sentit une main sur son épaule.

— Ne t'en fais pas. Il est toujours comme ça.

Nicolas leva les yeux et reconnut l'un de ses nouveaux camarades de classe.

— Je m'appelle Bruno et je serais très heureux de partager ton repas. Qu'y a-t-il dans ce sac?

Les deux garçons examinèrent le contenu du sac et se mirent très vite à bavarder comme de vieux copains.

Dans un coin sombre d'un couloir voisin, Martin les observait, le visage impassible.

\* \* \*

En rentrant de l'école, Martin alla directement dans sa chambre. Oncle Paul aida Nicolas à faire ses devoirs, puis ils s'attaquèrent tous deux à un casse-tête. Nicolas, totalement absorbé par le jeu, réussit à placer toutes les pièces les unes après les autres. Lorsqu'il eut reconstitué l'image, il réalisa qu'oncle Paul était assis un peu à l'écart et l'observait en le chronométrant.

— Bravo, Nicolas! Tu l'as fait en un temps record!

Nicolas ouvrit la bouche pour lui demander ce qu'il entendait par là, mais ne dit rien. Martin se tenait près de la table. D'une main, il balaya le casse-tête dont les pièces s'éparpillèrent sur le sol, et dévisagea Paul.

— Était-ce assez rapide? Ou faut-il encore quelques petits réglages?

— Martin! rugit oncle Paul, furieux. Va dans ta chambre!

— Qu'arrivera-t-il si je refuse? Si je restais et que nous bavardions un peu? À propos de la famille, par exemple. Qu'en dis-tu, cousin? Aimerais-tu tout savoir sur ta famille? Malheureusement, je ne peux pas t'en parler. Tu comprends, je ne peux réellement pas. Si j'essaie, je serai à nouveau arrêté.

Les poings serrés, il jeta un regard plein d'amertume à Paul.

— Tu devrais lui en parler, toi. Ce serait dommage qu'il le découvre par lui-même, comme je l'ai fait, moi...

Martin lança un regard haineux à Nicolas.

— Il est trop parfait !

Paul s'extirpa de sa chaise. Sa voix était curieusement grave.

— Martin, va immédiatement dans ta chambre !

Le garçon le défia un moment du regard, puis fit volte-face et sortit de la pièce.

Paul le suivit sans dire un mot. Quelques instants après, une porte se ferma à l'étage supérieur.

« Il se passe des choses très étranges, ici », se dit Nicolas.

Qu'est-ce que Martin avait voulu lui dire ? Qu'entendait-il par « être de nouveau arrêté » ? Était-il malade ? Était-il simplement jaloux ?

Nicolas s'approcha de la cheminée. Il regarda la série de photos encadrées et réalisa que toutes celles de Paul et de Martin semblaient récentes. Il n'y avait pas la moindre photo de la mère de Martin. Elle était morte, un an plus tôt, dans un accident de voiture, juste avant que l'oncle Paul vienne s'installer dans cette ville. Peut-être que le souvenir était encore trop douloureux. Cela expliquerait en tout cas l'absence de photos. Mais où étaient donc celles témoignant de la petite enfance de Martin? Nicolas eut une idée. Plus tard, lorsque oncle Paul serait endormi, il irait parler à Martin. Il découvrirait une fois pour toutes ce qui se tramait dans cette maison.

* * *

Cette nuit-là, Nicolas essaya de rester éveillé jusqu'à ce que Paul soit allé se coucher, mais le sommeil l'enveloppa, et son rêve revint de nouveau. Cette fois, il était étendu sur la pelouse, devant sa maison. Il sentait la terrible chaleur dégagée par le feu qui détruisait tout sur son passage. Il entendait le hurlement d'une sirène qui se rapprochait, encore... encore. Nicolas se réveilla en sursaut et s'assit dans son lit.

Le bruit cessa, mais il l'avait entendu. Il ne rêvait pas. C'était un bruit strident, comme deux pièces métalliques frottées l'une contre l'autre. Nicolas tendit l'oreille. S'agissait-il d'un objet traîné sur le plancher? D'où provenait le bruit?

Il se glissa hors du lit et avança sur la pointe des pieds jusqu'au couloir. De légers coups retentissaient dans cette partie de la maison. Ils semblaient provenir de la chambre de Martin. Nicolas s'approcha et tendit la main vers la poignée. Il la tourna légèrement, juste assez pour s'apercevoir que la porte était verrouillée.

Les yeux rivés sur la porte, Nicolas recula et posa son pied nu sur quelque chose de doux. La chose couina et s'enfuit dans le couloir. Nicolas sursauta, perdit l'équilibre et trébucha contre la porte. Ce n'était qu'une souris effrayée !

Une fois le choc passé, Nicolas réalisa qu'il n'y avait pas le moindre bruit dans la chambre de Martin. Il colla son oreille contre la porte.

— Martin ? Puis-je entrer ?

Silence.

— Martin, est-ce que ça va ? Je voudrais te parler.

Silence.

❋ ❋ ❋

Le lendemain, c'était samedi. Nicolas fut surpris lorsque oncle Paul lui dit que Martin était allé visiter un ami, et qu'il serait absent toute la fin de semaine. Il prétendit l'y avoir conduit lui-même un peu plus tôt. Nicolas ne fut pas convaincu, mais ne posa aucune question. Il décida plutôt d'élucider seul le mystère.

Ce soir-là, après le repas, Paul voulut faire un autre casse-tête.

— Non, merci, oncle Paul. J'ai mal au ventre. Je crois que je ne tarderai pas à aller me coucher.

— Très bien.

Pendant un instant, Paul eut l'air ennuyé, puis son visage s'empreignit d'une expression qui effraya Nicolas. Il semblait avoir tout à coup pris une décision.

— Je suppose qu'une bonne nuit de sommeil ne nous fera pas de mal.

Une fois dans sa chambre, Nicolas s'étendit sur son lit. La lune éclairait la pièce d'une lumière fantomatique tandis que des ombres noires se tapissaient dans les coins.

Dès que la maison fut silencieuse, Nicolas se glissa hors du lit et se dirigea vers l'escalier qu'il descendit, doucement, marche par marche. La dernière craqua légèrement. Il s'immobilisa un instant, puis continua jusqu'à ce qu'il atteigne la porte du bureau de Paul. Comme elle était entrouverte, Nicolas se faufila à l'intérieur. Sur le mur, au-dessus du bureau de son oncle, il y avait une étagère comportant plusieurs crochets, chacun garni d'une clé identifiée par une étiquette.

Nicolas put facilement lire les étiquettes à la clarté de la lune : porte d'entrée, remise, camionnette, soul-sol. Les deux dernières clés n'étaient pas identifiées. Il les enleva toutes deux de leur crochet, puis reprit l'escalier. Il évita soigneusement la première marche et se tint bientôt devant la porte de la chambre de Martin. Il essaya de l'ouvrir, mais elle était toujours verrouillée. Il inséra alors l'une des deux clés dans la serrure, la tourna, et la porte s'ouvrit avec un cliquetis sec.

La chambre était terriblement sombre et dégageait une odeur d'huile et de cendre. Nicolas y entra en tâtonnant le long du mur. Il ne savait pas très bien ce qu'il cherchait, mais il était certain que quelque chose, dans cette chambre, pourrait répondre à ses interrogations. Chose étrange, il n'y avait aucun meuble de ce côté du mur. Il semblait plutôt y avoir des outils métalliques suspendus au plafond.

Lorsqu'il atteignit la fenêtre, il comprit pourquoi la pièce était si sombre. D'épaisses planches y avaient été clouées pour que la lumière n'entre pas.

Ses doigts rencontrèrent un chiffon coincé entre deux planches. Nicolas le tira de toutes ses forces. Il dégagea le chiffon, et un rayon de lune éclaboussa le sol. Il aperçut alors une table au centre de la chambre et vit que quelque chose y était posé. Il s'en approcha et tendit la main vers l'objet. Celui-ci tomba lourdement sur le plancher et roula dans la flaque de lumière.

Nicolas aurait voulu hurler, mais aucun son ne sortit de sa gorge.

C'était la tête de Martin!

La chambre fut brusquement inondée de lumière. Nicolas recula contre le mur lorsqu'il vit son oncle Paul sur le pas de la porte, un grand outil plat à la main.

— Je suis vraiment navré que tu aies vu ça, mon garçon. Je ne pensais pas que tu étais si curieux. La curiosité peut être une excellente chose, si elle est modérée. Tu es censé tout faire avec modération. Fouiner dans la maison, la nuit... n'est pas très bon signe. Mais la pire chose a été ta façon de me mentir. C'était très vilain. Tu n'avais pas mal au ventre, ce soir.

Tandis que Paul avançait vers lui, Nicolas s'écarta. Son épaule heurta alors quelque chose qui le fit se retourner. Il reconnut le corps sans tête de Martin appuyé contre le mur. Des fils électriques sortaient du cou, semblables à des tentacules. Il baissa les yeux vers la tête toujours au centre de la chambre. Des fils serpentaient sous son cou...

Paul s'approcha.

— Oui, Martin est un robot. Lorsque je l'ai fabriqué, il semblait parfait. J'ai pensé à tout. J'ai même inventé une histoire à son propos pour que les voisins ne soient pas intrigués par l'absence de sa mère. J'ai ensuite programmé cette histoire dans sa mémoire. Personne ne se doutait de rien, pas même Martin, jusqu'au jour où il trébucha dans l'escalier. Après sa chute, il n'a jamais plus dormi ni mangé normalement. J'ai essayé d'arranger ça, mais c'était pire encore. Lorsque sa mémoire est tombée en panne et qu'il a découvert la vérité... Oh! il n'était qu'un prototype!... J'avais toujours prévu le remplacer petit à petit par un modèle plus perfectionné, plus intelligent que toute autre personne. Mais maintenant, tu en sais beaucoup trop...

Paul leva l'étrange outil qu'il tenait à la main. Nicolas chercha autour de lui un moyen de s'échapper.

— Écoutez, oncle Paul. Je ne dirai rien à personne. Je veux simplement retourner chez grand-mère et grand-père.

— Ce que tu demandes est impossible. Vois-tu, tu n'as jamais vécu là-bas. J'ai également dû imaginer un passé convenable pour toi, de sorte que les voisins ne s'étonnent pas de te voir vivre avec nous.

— De quoi parlez-vous? J'ai vécu chez mes grands-parents. Ils m'ont recueilli après l'incendie.

Paul sourit et s'approcha encore.

— Ah oui, l'incendie! Celui qui aurait détruit toute trace de tes parents. Ingénieux, n'est-ce pas? Mais ce n'était qu'une partie de ta programmation. Ne t'inquiète pas. Après quelques petits réglages et l'effacement des récents événements, tu iras parfaitement bien. Martin, lui, était irréparable.

Paul saisit Nicolas par une épaule et plongea l'outil dans la cicatrice sur sa poitrine. L'engin glissa sans difficulté.

— En fait, Martin n'était pas ma plus grande réalisation...

Nicolas baissa les yeux vers les lumières qui clignotaient maintenant dans sa poitrine ouverte.

— ... Mais toi, tu l'es !

# CRI DE DÉTRESSE

—Je sais que tu ne me crois pas, mais je suis sûre que c'est vrai! dit Annie en faisant la moue.

— Annie! Réfléchis un peu, soupira Bertrand. Il est impossible que les gardiens du zoo soient des animaux à forme humaine. Ça n'a aucun sens!

Bertrand et Annie étaient deux excellents amis. Voisins, ils avaient grandi ensemble. Bertrand était donc habitué à l'imagination débordante d'Annie. Non seulement elle croyait fermement aux fantômes, aux vampires et aux loups-garous, mais elle transformait souvent les incidents les plus anodins en véritables catastrophes.

Depuis qu'elle avait visité le zoo avec l'école, la semaine précédente, Annie était persuadée que les gardiens des animaux avaient temporairement été changés en êtres humains. Elle affirmait que les bêtes attiraient les jeunes, qui ne se méfiaient pas, jusqu'à leur tanière où ils étaient dévorés.

— Comment peux-tu être sûr du contraire?

— Annie, nous sommes tous revenus du zoo à ce que je sache.

Elle balaya cet argument d'un geste de la main et insista :

— Nous avons eu de la chance... cette fois-ci.

Bertrand secoua la tête en regardant son amie s'éloigner.

— Quel genre d'histoire a-t-elle inventée ? dit Jonathan qui s'était approché à pas de loup. Croit-elle toujours que le concierge est un vampire ?

Il recourba ses doigts en forme de griffes et montra les dents.

— Non. Et cesse de plaisanter. Un jour, elle deviendra un grand écrivain, et tu seras fier de l'avoir connue.

Jonathan éclata de rire, mais Bertrand était sérieux. Lui et Annie avaient une passion commune pour la science-fiction et les histoires d'horreur. Plus jeunes, ils passaient des heures plongés dans des magazines et des livres d'histoires terrifiantes. À la longue, Annie s'était mise à écrire ses propres histoires. Ses cahiers en étaient remplis, et Bertrand adorait lire ses écrits. Elle avait même eu le courage d'envoyer une de ses histoires au magazine *Histoires horribles.*

Bertrand haussa les épaules.

— De temps à autre, elle se laisse emporter par son imagination.

— C'est vrai. Elle est tout à fait digne d'Edgar Allan Poe!

* * *

Ce soir-là, après le repas, Bertrand attrapa ses livres et se dirigea vers la maison voisine. Annie et lui faisaient généralement leurs devoirs ensemble. Ils étaient installés à la table de la cuisine et révisaient la liste des capitales du monde lorsque Annie jeta vivement un coup d'œil par-dessus son épaule.

— L'as-tu vu?

— Vu quoi? demanda Bertrand en regardant autour de lui.

— Quelque chose. Je l'ai vu du coin de l'œil seulement. Ça bougeait.

— Non.

— J'ai vu quelque chose.

— Et lorsque tu as regardé, ça avait disparu.

— Exactement.

— Oui, je sais. Ça arrive à tout le monde. Ce n'est qu'une illusion d'optique.

Ils se remirent à leurs devoirs, mais Bertrand remarqua qu'Annie continuait à couler des regards de tous côtés. «Oh! oh! se dit-il. Que va-t-elle inventer maintenant?»

* * *

Il ne lui fallut pas longtemps pour le découvrir. Le lendemain matin, en se glissant sur le siège à côté d'elle dans l'autobus, il remarqua sa nervosité.

— Tu sembles fatiguée.

— Je le suis. Je n'ai pas beaucoup dormi la nuit dernière. Je t'ai dit, hier soir, avoir vu quelque chose du coin de l'œil, t'en souviens-tu? Eh bien, ça s'est reproduit après ton départ.

— Annie, je t'ai dit que ça arrivait à tout le monde. Il n'y a pas de quoi t'inquiéter.

— Non, écoute. Il y avait vraiment quelque chose. C'était sombre et de petite taille, une espèce de petite créature... peut-être un diablotin.

— Tu veux dire que tu as vu une adorable petite créature aux oreilles pointues? se moqua Bertrand. Oh non! Nous courons tous un terrible danger!

Annie lui tourna le dos et regarda par la fenêtre.

— Tu ne me crois pas!

✳ ✳ ✳

Bertrand et ses amis mangeaient toujours leur lunch à l'ombre du plus gros arbre de la cour. Il arrivait rarement à déballer son repas avant que Jonathan vienne fureter autour d'eux.

— Jambon et fromage? demanda Jonathan en tendant le cou pour voir le sandwich que Bertrand développait. Si oui, je te donne mon sandwich au thon.

— Non, merci.

— Avec, en plus, un sac de croustilles.

Annie sortit un sandwich de son sac à lunch.

— Si tu aimes le beurre d'arachide et la confiture, je peux volontiers échanger mon sandwich contre le tien, Jonathan.

— Comment pourrais-je savoir qu'il s'agit bien de beurre d'arachide et de confiture et non de langue croquante de loup-garou et de sang de chauve-souris?

Les autres ricanèrent, et Annie eut l'air embêtée. Bertrand vola à son secours.

— Ce serait mieux que ton éternelle nourriture pour chats, pas vrai Jonathan?

— Tu as raison. Je plaisantais. Je ne supporte plus les sandwichs au thon! Le beurre d'arachide me semble excellent.

Annie eut un sourire réjoui, et ils échangèrent leurs sandwichs. Jonathan déballa le sien avidement.

— Quoi? Tu rigoles? Quelqu'un a déjà croqué dedans!

Il leur montra alors les minuscules traces de dents laissées tout autour du sandwich.

* * *

— C'est sans doute une souris ou quelque chose du genre, hasarda Bertrand dans l'autobus qui les ramenait chez eux.

— Une souris, lui fit remarquer Annie, n'aurait pas remballé le sandwich après l'avoir grignoté. C'est eux. Je sais de qui il s'agit. Il y a quelque temps, j'ai écrit une histoire sur des créatures qui leur ressemblent – des petites bêtes affamées qui viennent d'un monde parallèle.

Elle se tut, comme si une idée venait subitement de lui traverser l'esprit.

«Oui, ça doit être ça, souffla-t-elle, à elle-même plus qu'à son ami. Je sais qui ils sont, et ils veulent maintenant se débarrasser de moi. Ils attendent simplement le moment propice... ils attendent que je sois seule.»

— Es-tu encore en train de parler de tes dia-blotins? Je t'ai dit que ce n'était qu'une illusion d'optique.

— Et si ça n'en était pas une? Qu'arrivera-t-il s'ils s'attaquent aux humains? Ils nous considéreront peut-être comme leurs proies et nous attraperont les uns après les autres. Des personnes ne disparaissent-elles pas chaque jour?

Bertrand sentit ses cheveux se dresser sur sa nuque. Voilà que son amie lui donnait la chair de poule.

— Annie, si c'était vrai, pourquoi ne les verrais-je pas?

— Parce que tu ne crois pas à leur existence. Tu ne veux pas les voir. Moi, je les ai vus... et maintenant, il est trop tard. Je connais leur secret. Je représente une menace pour eux, ils doivent donc me faire disparaître.

— Tu te laisses emporter par ton imagination.

— Ah oui? Et ça, c'est mon imagination? dit-elle en lui tendant le devoir qu'elle avait fait la veille.

Une piste à peine visible de minuscules empreintes semblables à de petits pieds serpentait sur un côté de la page.

\* \* \*

Le lendemain, Annie montra à Bertrand l'ecchymose qu'elle avait sur la jambe et lui affirma qu'«ils» devenaient de plus en plus audacieux.

— J'ai vraiment très peur, Bertrand. Ils s'en prennent à moi. J'ai peur qu'une nuit ils viennent me chercher et m'éliminent.

— En as-tu parlé à tes parents?

— Oui, mais ils croient que j'invente tout ça. Tu me crois, toi, n'est-ce pas? Tu crois qu'ils existent réellement?

Bertrand ne savait pas quoi dire. Il voulait aider son amie, qui était maintenant au bord des larmes.

— Oui, je te crois, souffla-t-il enfin.

Pendant une fraction de seconde, Bertrand crut percevoir un mouvement du coin de l'œil.

❊ ❊ ❊

Cette nuit-là, Bertrand n'arriva pas à dormir. Il était trop inquiet à propos d'Annie. Bien qu'il fût presque minuit, il voyait, par sa fenêtre, la lumière de sa chambre encore allumée. Finalement, il enfila ses vêtements, ouvrit doucement la fenêtre de sa chambre et se faufila dans le jardin. Il avança à pas de loup jusqu'à la fenêtre d'Annie. Il s'apprêtait à frapper à la vitre et à lui demander de sortir, mais il n'en eut pas la possibilité. Alors qu'il se penchait vers la fenêtre, il vit la lampe de chevet voler en éclats sur le plancher. Il crut apercevoir Annie tapie au pied de son lit, comme si elle cherchait à se cacher, le visage déformé par la peur. Il crut distinguer autre chose aussi : deux ou trois petites silhouettes, mi-humaines mi-bêtes aux mains griffues avançant vers elle sur leurs jambes longues et minces. Un frisson le parcourut. L'une des petites créatures n'avait-elle pas tourné ses yeux de chat étincelants vers lui ? Il ne pouvait en être sûr.

Brusquement, le plafonnier s'alluma. Le père d'Annie entra dans la chambre. Sa mère se tenait sur le pas de la porte, la main sur l'interrupteur. Bertrand s'accroupit et les regarda examiner la chambre et ramasser les morceaux de la lampe brisée. Il les entendit appeler Annie.

Bertrand ne savait pas quoi faire. Il parcourut rapidement la distance séparant les deux maisons et se faufila de nouveau par la fenêtre de sa chambre. La sonnerie du téléphone retentit tandis qu'il remettait son pyjama. Il se glissa dans le couloir sombre et, par la porte ouverte du salon, il aperçut sa mère qui venait de saisir le combiné.

— Non, Brigitte. Bertrand est couché. Elle n'est pas ici... D'accord, je vais le lui demander et je te rappelle immédiatement.

91

Bertrand n'arrivait pas à prendre de décision. Il ne savait pas exactement ce qui s'était produit chez son amie. Retournant vivement dans son lit, il perçut les voix inquiètes de ses parents dans l'autre pièce. Quelques secondes plus tard sa mère entrait dans sa chambre, suivie par son père. La lumière du couloir éclaboussait la pièce.

— Je suis désolée de te réveiller, mais Brigitte a téléphoné. Elle dit qu'Annie n'est pas dans sa chambre. Toutes ses affaires sont là pourtant. Elle semble avoir disparu. T'a-t-elle parlé de quelque chose, ce soir ? Était-elle contrariée ? As-tu une idée de l'endroit où elle pourrait se trouver ?

Bertrand s'assit. Que pouvait-il dire ? Comment pouvait-il les convaincre ? Il savait que ses paroles leur sembleraient étranges.

Il s'entendit pourtant répondre :

— Oui, je crois qu'elle a des problèmes. Elle m'a dit que des êtres semblables à des diablotins s'en prenaient à elle...

— Je ne veux pas entendre ce genre d'idiotie, l'avertit son père. Nous connaissons tous son imagination débordante. Ce soir, la situation est très grave.

Nicolas fixa ses parents. Ils ne le croyaient pas. Lui-même n'était pas sûr de croire à ce qu'il avait vu ! Il devait agir vite. Il rejeta la couverture et bondit hors du lit.

— Ce n'est pas seulement son imagination. Vous devez faire quelque chose. J'ai regardé dans sa chambre et je les ai vus! Tout au moins, je crois les avoir vus.

Ses parents échangèrent un regard.

— Ils étaient de petite taille et avaient des griffes et des dents pointues. Je pense qu'ils l'ont emportée. Ils l'ont peut-être tuée! Vous ne me croyez pas? fit-il en les dévisageant tour à tour. Non, vous ne me croyez pas...

Son père mit son bras autour de ses épaules.

— Comment pourrions-nous te croire? Je sais que ça t'attriste, mais inventer des monstres ne nous aidera pas à résoudre des problèmes bien réels. Le moment est mal choisi. Annie a dû se sauver. Elle est peut-être en danger. Bon, t'a-t-elle dit quelque chose qui pourrait nous guider?

Bertrand se sentit soudain vidé de son énergie. Annie avait été très contrariée. Peut-être s'était-elle réellement enfuie. Peut-être avait-il rêvé tout ça.

— Non, papa. Elle ne m'a rien dit.

— Très bien. Ta mère et moi allons voir ses parents et leur offrir notre aide.

— Y a-t-il quelque chose que je puisse faire?

Sa mère tendit la main et caressa ses cheveux.

— Pas maintenant. Retourne te coucher. Nous en parlerons demain matin.

Bertrand regarda ses parents entrer dans la maison voisine, de l'autre côté du jardin. Et si ce n'était pas un rêve ? Et si Annie avait raison ? Il baissa les yeux et aperçut quelque chose sur le rebord de la fenêtre. C'était de minuscules empreintes semblables à celles qu'il avait déjà vues.

À cet instant, un léger mouvement, qu'il vit du coin de l'œil, attira son attention. Il tourna les yeux, mais il n'y avait rien...

# LE DINDON DE LA FARCE

Toute personne possède un don particulier. Hugues, lui, excellait à être purement et simplement méchant.

Il était plus grand que tous les autres jeunes de sa classe et sortait toujours vainqueur d'une bataille. Mais ça ne lui suffisait pas. Lui et ses quatre meilleurs amis, Paul, Laurent, Patrick et Régis, passaient des heures à imaginer des tours pendables. Plus la blague était vicieuse, plus ils étaient contents. Ils avaient formé un groupe, les Farceurs, et chaque membre portait une casquette ornée de ce nom.

Les autres élèves essayaient de les éviter et faisaient très attention de ne pas les embêter. Aucun d'entre eux n'avait encore raconté à un adulte les méchancetés dont étaient capables les cinq garçons.

Certains, dans l'espoir d'être de leur côté, rendaient même service aux Farceurs. François faisait chaque jour le devoir de mathématiques d'Hugues. Justement, la semaine précédente, François avait fait quelques erreurs, et Hugues avait obtenu un «C moins». Le lendemain,

François avait retrouvé son vélo coincé entre les branches d'un arbre.

Les Farceurs étaient restés autour de lui et avaient beaucoup ri tandis qu'il essayait de le récupérer !

Au début, personne ne voulait courir le risque de l'aider, mais, lorsqu'il s'était trouvé dans une mauvaise posture, Luc, le nouveau, s'était précipité et lui avait alors prêté main forte, sous le regard furieux d'Hugues.

Luc et ses parents étaient venus s'installer en ville au cours de l'été, et c'était son premier semestre à l'école. Il ne lui avait pas fallu longtemps pour se faire des amis. Il était d'agréable compagnie et aussi l'un des rares jeunes à ne pas se dérober devant les Farceurs. Hugues l'avait évité pendant un certain temps.

✽ ✽ ✽

Le lundi matin, Hugues rejoignit ses amis dans la cour, juste avant que la cloche sonne.

— Tu l'as ? souffla-t-il à Régis.

— Ouais.

Le garçon montra fièrement un sac en papier. Il jeta un coup d'œil autour afin de s'assurer que personne ne les regardait, puis il fouilla dans le sac et en sortit un gros bocal en verre. Il était à moitié rempli de vers blancs grouillants.

— Beurk ! Ils sont vraiment répugnants !

— Parfait ! dit Hugues avec un sourire narquois. Ça devrait apprendre à ce petit norveux à s'occuper de ses affaires. Et si ça ne suffit pas, j'ai pensé à autre chose. Maintenant, rappelle-toi, dit-il en posant la main sur l'épaule de Laurent. Tu attends que tout le monde ait mis ses affaires dans son casier, puis tu vas au fond de la classe comme si tu avais, toi aussi, quelque chose à y ranger.

— Je sais. Et pendant que personne ne regarde, je balance les bestioles dans le sac à lunch de Luc. Mais qu'arrivera-t-il si je me fais prendre ? Et pourquoi moi ?

Hugues serra un peu plus l'épaule du garçon.

— Parce que je l'ai décidé. De plus, ton casier est à côté de celui de Luc. Personne ne remarquera ce que tu seras en train de faire, compte sur moi. Maintenant, allons-y.

Les garçons se joignirent aux autres jeunes qui attendaient devant l'entrée de l'école. Dès que madame Morin eut ouvert la porte, ils se précipitèrent tous à l'intérieur et se dirigèrent vers le fond de la classe en bavardant et en riant.

Le mur du fond était garni d'étagères en bois divisées en sections. Chacune des sections

97

était étiquetée au nom d'un élève. Les casiers leur servaient à ranger manteaux, livres, sacs à lunch, bref, tout ce dont ils n'avaient pas besoin pendant le cours.

Laurent regarda Luc déposer son blouson de baseball et son repas dans le casier portant son nom. Lorsque tout le monde fut revenu à sa place, Laurent, nerveux, se leva et saisit son chandail et le sac en papier que Régis lui avait donné. Il se dirigea vers les casiers d'un pas nonchalant et, tournant le dos à la classe, il sortit le bocal et en dévissa le couvercle. Au même instant, Hugues bondit sur ses pieds, et de son index pointé, il montra le dessous du pupitre de la prof en hurlant.

— Madame Morin! Une souris!

Plusieurs élèves poussèrent de petits cris effrayés tandis que madame Morin reculait brusquement sa chaise.

Profitant du brouhaha, Laurent ouvrit le sac à lunch de Luc, y déversa les vers et le referma vivement. Il était déjà revenu s'asseoir lorsque la prof leur annonça qu'il n'y avait rien sous son bureau.

— J'ai dû me tromper, s'excusa Hugues en souriant.

Il coula un regard vers son complice. Laurent lui fit un léger signe de tête en retour.

À midi, les Farceurs eurent beaucoup de mal à contenir leurs rires lorsqu'ils virent Luc s'installer à une table avec plusieurs de ses amis. Luc avait acheté une boîte de jus de fruits et l'ouvrait en écoutant l'un des garçons rapporter les détails sanglants d'un film qu'il avait regardé pendant la fin de semaine. C'était l'histoire d'une ville attaquée par des milliers de serpents meurtriers.

Comme il décrivait la scène où le héros se réveillait et trouvait son lit couvert de reptiles, Luc ouvrit son sac à lunch et y plongea la main.

— Aaaaaaahhhhhh !

Il renversa tout le jus de fruits sur sa chemise en retirant vivement sa main comme s'il avait été mordu. Le sac à lunch tomba sur le côté, et des dizaines de vers blancs en sortirent en se tortillant.

Tous ceux qui se trouvaient à cette table se mirent à crier. Le garçon qui racontait l'histoire sursauta si violemment que sa chaise se renversa et tomba en résonnant sur le plancher. La panique gagna les élèves assis aux tables voisines, qui se mirent à crier et à reculer ; les uns traînant leur chaise, les autres la renversant, ce qui déclencha un véritable tumulte.

Hugues fut incapable de se retenir plus longtemps. Il était plié en deux de rire sur sa chaise. Lorsque tout redevint calme, il se redressa et trouva Luc debout près de lui, furieux.

— C'était toi, n'est-ce pas ?

— Et alors ? Tu n'as pas le sens de l'humour ?

— Ça n'avait rien de drôle ! C'était stupide !
Comme toi, d'ailleurs !

Hugues se leva lentement, toisant l'autre
garçon.

— Retire tes paroles.

— Je n'ai pas peur de toi, ni de personne,
de toute façon.

La bouche d'Hugues se tordit en un rictus
méchant, puis son visage changea d'expression.

— Très bien, prouve-le !

— Quoi ?

— Tu as raison. C'était une farce stupide.
Mais si tu peux prouver que tu n'as peur de
rien, et si tu acceptes de relever mon défi, je
te ferai des excuses et je ne t'embêterai plus
jamais. Nous pourrions même devenir amis...

Les copains d'Hugues échangèrent des
regards ahuris.

— Je ne tiens pas à être ton ami. Mais je
tiens à ce que tu me présentes tes excuses
devant tout le monde.

— Oui.

— Et tu ne m'embêteras plus jamais ?

— Promis !

— Quel genre de défi ?

Hugues baissa le ton et demanda d'un air de conspirateur :

— As-tu déjà entendu parler de la maison isolée ?

Luc acquiesça d'un signe de tête.

Tout le monde connaissait cette vieille maison. C'était l'une des premières choses dont on lui avait parlé à son arrivée. La plupart des jeunes évitaient même de passer devant. Personne ne savait avec certitude qui avait été le premier propriétaire, mais le vieux monsieur Lorca était censé y avoir vécu pendant au moins trente ans. C'était un homme plutôt excentrique, et il s'était même cru sorcier ou quelque chose du genre.

Certains prétendaient que, les soirs de pleine lune, d'étranges lueurs se déplaçaient et que des bruits bizarres provenaient de cette maison abandonnée. Toutefois, personne ne savait vraiment de quelle façon le vieil homme était mort.

Un jour, il y avait de ça environ dix ans, le facteur l'avait trouvé face contre terre. Lorsqu'il avait retourné le corps de monsieur Lorca, l'expression figée sur le visage du mort était celle d'une effroyable terreur.

— Bien, continua Hugues. Tu n'auras qu'à passer une heure dans cette maison, à compter de minuit.

Luc resta bouche bée.

— Seul? Mes parents ne me laisseront jamais faire une telle chose!

— Ne t'inquiète pas. J'invite des amis à venir dormir chez moi cette fin de semaine. Mes parents ne se rendront même pas compte que nous nous éclipsons. D'accord? fit-il en tendant la main.

— D'accord! accepta Luc.

Hugues et ses amis rentrèrent à pied. Au début, ils marchèrent en silence, puis Paul se mit à parler.

— Vas-tu vraiment présenter des excuses à ce petit imbécile devant tout le monde?

— Mais non! Il ne réussira jamais à passer une heure dans cette maison.

— Et s'il y arrivait? questionna Patrick.

— Il n'y arrivera pas. Nous allons faire en sorte qu'il n'y reste pas plus que quelques minutes. J'ai déjà pensé à tout.

Les autres frémirent en voyant une lueur démoniaque illuminer le regard d'Hugues.

❊ ❊ ❊

Les jours suivants, la bande prépara les accessoires pour la fin de semaine. Le samedi matin, ils se glissèrent par une fenêtre à l'intérieur de la maison isolée et mirent tout en place.

— Cet endroit ne me plaît pas, gémit Laurent. Je ne suis pas sûr que ce soit une très bonne idée.

Régis faisait une grosse tache de simili-sang sur le mur.

— C'est une idée géniale ! Cet endroit est effrayant déjà le jour, imagine ce qu'il doit être la nuit. Particulièrement lorsque nous aurons terminé notre petit travail !

Il fit un clin d'œil à Patrick qui venait de sortir un gros rat mort d'une boîte à chaussures en le tenant par la queue aussi loin de lui que possible.

— Où devrais-je mettre ça ?

— Pose-le près de la fenêtre. Lorsque la lampe de poche truquée s'éteindra, il essaiera sans doute d'ouvrir les rideaux pour avoir un peu de lumière.

— Il risque de marcher dessus, dit Paul en frissonnant. C'est dégoûtant !

— Oui, mais cette farce sera la meilleure de toutes !

Hugues inséra une cassette dans le magnétophone qu'il venait de cacher dans une armoire près de l'escalier. Il recula et actionna une petite télécommande. Il y eut d'abord un bruit sinistre de pas, puis une respiration haletante qui semblait se rapprocher.

— C'est génial ! pouffa Régis.

Soudain, un horrible gémissement se fit entendre.

— Ça me suffit! Je sors d'ici!

Riant et chahutant, ils firent le trajet jusque chez Hugues en courant.

Le soir venu, les parents de Luc le déposèrent chez Hugues. Les garçons passèrent la soirée à regarder un film d'horreur et à se raconter des histoires de fantômes. Un peu avant minuit, Hugues commença à raconter une légende à propos de la maison isolée.

— On dit que le vieux Lorca essayait d'invoquer les esprits. Après sa mort, sa fille prit possession de la maison. Elle était professeur ou quelque chose du genre et ne croyait pas ce que les gens racontaient à propos des lueurs et des bruits. Tout sembla très bien se passer au début. Puis, la première nuit de la nouvelle lune, quelque chose se produisit. C'était une nuit semblable à cette nuit-ci. Les Hans, qui habitent au pied de la colline, ont dit avoir entendu des gémissements un peu après minuit. Le lendemain matin, ils trouvèrent la fille de Lorca qui errait dans les bois, derrière la maison. Ses longs cheveux noirs étaient devenus blancs! Elle ne cessait de gesticuler et de répéter qu'on la laisse tranquille. Elle tenait des propos incohérents. D'après ce qu'elle disait, l'inspecteur de police en avait déduit qu'elle avait vu un cyclope manchot, au regard terrible et étincelant, qui dégageait une odeur... une odeur fétide comme celle d'un être décomposé depuis très, très longtemps. Selon la rumeur, un autre corps aurait été découvert, assis sur le porche, quelques années plus tard. C'était le corps d'un enfant porté disparu. On a tout au moins pensé que c'était lui. Parce que le corps n'avait pas de tête. Bien sûr, tout ça n'est qu'une légende...

Hugues se tut un instant pour impressionner les autres un peu plus.

— À moins que...

Poussant un long soupir, il leva les yeux vers l'horloge.

— Il est l'heure d'y aller!

Les garçons se faufilèrent l'un après l'autre par la fenêtre de la chambre. Personne ne dit mot tandis qu'ils se dirigeaient vers la maison sombre et menaçante. Les fenêtres semblaient les fixer comme les yeux d'un démon.

— Nous y sommes. Tu auras besoin de ça, fit Hugues en glissant une lampe de poche dans la main de Luc. Tu dois entrer par cette fenêtre, dit-il en pointant celle près de la porte. C'est le seul endroit où tu peux entrer ou sortir. Tout le reste est verrouillé ou bouché par des planches. Nous allons rester ici pour être sûrs que tu ne te sauves pas.

Il jeta un coup d'œil à sa montre puis leva les mains en signe de départ.

— Vas-y !

Luc ne dit rien, mais il tremblait. En enjambant le bord de la fenêtre, il sentit son cœur battre différemment. La main tremblante, il balaya la pièce de son faisceau lumineux. En apercevant le sang sur le mur de brique, il recula. Se forçant à avancer, il longea le mur opposé. Son pied heurta quelque chose de doux, et il aperçut le rat mort juste avant que la lampe s'éteigne.

À l'extérieur, Hugues appuya sur un bouton. Il y eut, à l'intérieur, un gémissement sourd qui semblait résonner partout à la fois. Luc sortit précipitamment par la fenêtre et descendit le sentier en courant.

— Rien ne peut être pire que de rester ici, souffla-t-il. Tu peux garder tes excuses et ton amitié !

— Qu'est-ce que je vous avais dit ?

Hugues ricana d'un air triomphant.

Ils se serrèrent tous la main, et Laurent assena une grande claque dans le dos d'Hugues.

— Je suis impatient de raconter à tout le monde le regard qu'avait Luc en s'enfuyant par la fenêtre ! Bon, pouvons-nous partir, maintenant ? Cet endroit me donne la chair de poule !

Tous approuvèrent, y compris Hugues.

— Bien sûr. Dès que nous aurons récupéré le magnétophone.

Les rires cessèrent.

— Tu veux dire... entrer là-dedans? fit Paul.

— Bien sûr! Tu ne crois tout de même pas que je vais le laisser ici!

— Je n'entrerai pas là-dedans, rechigna Laurent.

— Moi non plus, acquiesça Patrick.

Hugues les dévisagea les uns après les autres.

— Que vous arrive-t-il, les gars? Régis? Allons!

Régis secoua la tête en signe de refus.

— Si tu es si courageux, pourquoi n'y vas-tu pas, toi?

— Très bien, c'est ce que je vais faire. Quelle bande de poules mouillées!

Furieux, Hugues plongea par la fenêtre ouverte. Une fois à l'intérieur, il alluma sa lampe de poche. La lumière jaillit, puis s'éteignit, le laissant dans le noir le plus total.

— Stupide lampe! Elle ne vaut pas mieux que celle que j'ai donnée à Luc!

Il traversa lentement la pièce et se dirigea vers l'escalier. Les planches craquaient sous ses pieds. «Ce n'est pas si effrayant que ça», se rassura-t-il.

Il entendit alors un léger bruit qui semblait s'approcher. Il fouilla dans sa poche... la télécommande n'y était plus.

— D'accord, les gars, souffla-t-il, c'est très drôle !

Il perçut la respiration haletante au moment où il atteignait la porte du placard, qu'il ouvrit.

— C'est bizarre, murmura-t-il, au moment où une odeur fétide le suffoqua. Je n'avais pas remarqué cette odeur, ce matin !

Il s'agenouilla pour prendre le magnétophone et se rendit compte qu'il n'était pas en marche. Une peur effroyable l'envahit soudain.

Il était sur le point de faire demi-tour lorsqu'une immense créature immonde parut au-dessus de lui. Une main griffue l'empoigna à la gorge. La chose le traîna sur le plancher ; sa bouche béante révélait plusieurs rangées de dents acérées.

— Je reçois très peu de visiteurs, fit la créature d'une voix rauque. Mais ceux qui me rendent visite ne repartent jamais. Tu t'es fait prendre à ton propre piège !

# TRADITION FAMILIALE

T RAVAUX EN TOUT GENRE, proclamaient les
feuillets colorés que Julie déposait dans
toutes les boîtes aux lettres de son quartier. La
liste incluait l'entretien des pelouses, le jardi-
nage, les menus travaux ménagers, la garde
d'enfants et la promenade des animaux domes-
tiques. Le nom et le numéro de téléphone de
Julie étaient inscrits en gros caractères au bas
de la feuille.

— C'est super, remarqua Lisa, sa meilleure
amie, alors qu'elle glissait un feuillet dans la
boîte aux lettres de la maison voisine. Tu vas
gagner une fortune ! Comment as-tu convaincu
tes parents de te laisser faire ça ?

— Ils vont filtrer chacun des appels, répondit Julie. Je comprends parfaitement pourquoi
ils sont si prudents. Il y avait un article dans le
journal d'aujourd'hui relatant la disparition d'un
autre élève. Ça fait trois en cinq mois. C'est
pourquoi j'ai promis de ne distribuer les feuillets que dans notre quartier.

— Bon, je suppose que je devrais y songer
moi aussi.

Il ne fallut pas longtemps pour que le téléphone se mette à sonner.

Ce soir-là, deux personnes appelèrent pour proposer à Julie de promener leur chien. Une autre lui demanda si elle accepterait de tondre sa pelouse.

— Tes affaires semblent prendre un bon départ, remarqua son père. Tu devras soigneusement t'organiser pour que tout soit fait. Mais n'oublie pas : tes devoirs d'abord !

— Je sais, papa. Ne t'inquiète pas.

Le téléphone sonna de nouveau, et la mère de Julie répondit. Elle parla un moment, posa quelques questions, puis la main sur le combiné, puis dit à Julie :

— C'est monsieur Hubbard. Il aimerait te parler.

Julie prit l'appareil que lui tendait sa mère.

— Allô?

— Allô, Julie? J'ai reçu ton feuillet, et je crois que tu pourrais m'être utile.

« J'en suis sûre », se dit Julie.

Elle voyait très bien la maison décrépite dans laquelle monsieur Hubbard avait emménagé six mois auparavant. Elle était très grande. Elle devait comporter plusieurs pièces en plus d'un grenier et d'un sous-sol. On chuchotait même qu'il pouvait y avoir des passages secrets.

— Je serais heureuse de vous aider, monsieur Hubbard. Qu'aimeriez-vous que je fasse ?

— Tu pourrais simplement m'aider à faire un bon rangement et t'occuper de petites tâches de façon régulière. Vois-tu, je suis historien et j'écris un nouveau livre. Je passe mes journées à faire des recherches et, le soir, j'enseigne au collège. Je n'ai malheureusement pas le temps de faire autre chose. Passe me voir et je te montrerai la maison. Nous pourrons aussi discuter de ton salaire.

— Ça me semble très bien. J'irai vous voir demain, après l'école.

— Oh non !... j'ai bien peur que ça ne marche pas ! Je ne serai pas à la maison avant la tombée de la nuit.

— Très bien. Est-ce que dix-neuf heures trente vous conviendrait mieux ?

— Oui, ce serait parfait. Merci !

— J'ai un autre client ! annonça-t-elle, radieuse, en rejoignant sa famille à table.

— Je connais monsieur Hubbard, dit Mélanie, sa grande sœur. Il vient d'arriver au collège et enseigne l'histoire de l'Europe de l'Est. Il est un peu excentrique.

— Ah oui ? Peux-tu préciser, demanda leur mère.

— Eh bien, plusieurs de ses élèves disent qu'il parle d'événements qui se sont produits il y a des centaines d'années comme s'il les avait lui-même vécus.

Son père passa les légumes à Julie.

— Il semble être un excellent professeur. Je vous ai toujours dit d'éviter de tirer des conclusions trop hâtives. Bon, voudrais-tu me passer ces délicieux petits pains?

✳ ✳ ✳

Dans la lumière déclinante du crépuscule, la vieille maison semblait effrayante.

Comme promis, Julie était arrivée sur le porche à dix-neuf heures trente précises. Elle appuya sur la sonnette et l'entendit retentir à l'intérieur. Pas de réponse. Elle sonna de nouveau et attendit. Elle essaya de regarder par une fenêtre en s'appuyant sur la balustrade en bois, puis reporta son attention sur la porte d'entrée. Elle était grande ouverte, et monsieur Hubbard était là, les yeux rivés sur elle.

Surprise, Julie sursauta.

— Oh! Je ne vous avais pas entendu!

— Je suis désolé, dit-il en souriant d'un air qui semblait exprimer le contraire. Je n'avais pas l'intention de t'effrayer. Entre, je t'en prie.

La maison paraissait aussi vieille et décrépite à l'intérieur qu'à l'extérieur. Elle était remplie de meubles anciens de grande valeur. Une

112

magnifique épée gravée, accrochée au-dessus de la cheminée, attira le regard de Julie. Son fil semblait aussi tranchant que celui d'un rasoir et sa poignée paraissait être en argent.

— Je tiens surtout à ce que cette pièce soit impeccable. Je ne veux pas voir de poussière sur mes précieux souvenirs. De plus, des élèves me visitent de temps en temps. Si tu viens deux fois par semaine, cela devrait suffire, dit-il en lui tendant une clé. Je te laisse libre d'organiser ton emploi du temps. Assure-toi simplement d'avoir fini avant la tombée de la nuit. Je préfère rester seul dans la maison le soir venu. Autre chose, cette porte, au bout du couloir, mène au sous-sol. Elle est toujours verrouillée, car j'y range les documents qui servent à ma recherche. Ne t'en occupe pas. Je conserve sur moi l'unique clé qui l'ouvre.

Monsieur Hubbard promit de lui laisser de l'argent dans une enveloppe sur le manteau de la cheminée au début de chaque semaine.

❊ ❊ ❊

Le lendemain, à l'école, Lisa voulut entendre chaque détail concernant monsieur Hubbard et le nouveau travail de Julie. Elle avait déjà décrété que toute personne habitant cette maison devait être bizarre.

113

— Je n'arrive pas à croire que tu vas travailler dans cette vieille maison effrayante !

— Elle n'est pas si effrayante que ça. De plus, il n'y aura personne pour me déranger.

— Tu veux dire que tu y seras seule ?

— Bien sûr, pourquoi pas ?

— Avec tous les faits bizarres qui se sont produits dernièrement, fais très attention... Sais-tu pourquoi Guillaume n'était pas à l'école aujourd'hui ? Sa sœur a disparu ! Ça fait quatre personnes maintenant ! Il se passe vraiment des choses étranges.

* * *

Lorsque Julie entra dans la vieille maison, elle pensa à ce que lui avait dit Lisa.

Quelque chose, dans cette demeure, semblait la déranger. Elle était si silencieuse... et pourtant, Julie avait l'impression de ne pas y être seule. Et cette sensation se fit de plus en plus forte. Julie jeta des regards par-dessus son épaule en époussetant. Son plumeau heurta accidentellement une petite boîte sculptée qui tomba par terre.

« Oh non, j'espère qu'elle n'est pas cassée ! » se dit-elle.

Elle s'agenouilla pour la ramasser et remarqua qu'un mot, ou peut-être un nom, était gravé sur le couvercle : *Trouvese*.

Julie vit alors un objet scintiller sur le plancher, un objet qui avait dû se trouver dans la boîte. C'était une bague surmontée d'une grosse pierre rouge au centre de laquelle un « T » doré, très particulier, avait été incrusté. Elle allait la glisser à son doigt lorsqu'un bruit attira son attention.

Ça venait du sous-sol. Quelque chose, ou quelqu'un, montait lourdement l'escalier.

Julie regarda les ombres s'allonger autour d'elle. Il était tard ! Elle remit en tremblant la bague dans la boîte, se précipita vers la porte et franchit en courant la distance qui la séparait de sa maison.

✳ ✳ ✳

En revenant de l'école, le lendemain, Julie s'arrêta à la bibliothèque municipale. Elle chercha Trouvese à l'ordinateur.

Il y avait deux références. Elle inscrivit les numéros sur une feuille de papier et se précipita vers les rayons remplis de livres. Faisant courir son doigt sur les rangées de livres, elle trouva enfin ceux qu'elle cherchait. L'un d'eux traitait de la noblesse en Europe de l'Est. Le portrait craquelé d'un ancien noble, le baron de Trouvese, y était reproduit.

— Incroyable, murmura-t-elle. Il ressemble à monsieur Hubbard ! Sa bague ! Elle est identique à celle que j'ai vue hier !

Le deuxième livre parlait de sorcellerie et de démons. Julie trouva l'article qu'elle désirait et le lut lentement et attentivement. *En 1517, une série de disparitions d'enfants souleva un vent de panique dans le village de Pizen. Ces disparitions furent finalement imputées à un noble, le baron de Trouvese. On reconnu qu'il était un vampire et il fut décapité.*

Le personnage illustré ressemblait, lui aussi, à s'y méprendre à monsieur Hubbard, et l'épée qui avait servi à décapiter le vampire se trouvait au bas de la page. Elle était identique à l'épée accrochée au-dessus de la cheminée de la vieille maison !

Julie referma brusquement le livre.

— Voilà qui explique toutes ces disparitions. Le baron de Trouvese et monsieur Hubbard sont une seule et même personne.

Julie sentit la panique l'envahir.

— Je dois en parler à quelqu'un, mais il me faut des preuves. Je dois m'emparer de cette bague !

Julie fit des photocopies des portraits.

Le soleil de l'après-midi approchait de la ligne d'horizon. Il lui fallut quelques minutes pour atteindre la maison, mais il n'était pas trop tard. Elle se servit de sa clé pour entrer et se tint un instant dans le vestibule, tentant de capter le moindre bruit.

Elle se dirigea à pas furtifs vers le petit salon. La boîte était là, sur la table où elle l'avait laissée. Son cœur battait la chamade tandis qu'elle tendait la main et...

— Julie, que fais-tu ici, aujourd'hui?

Son cahier tomba avec un bruit sec sur le plancher. Elle se tourna et se trouva face à face avec monsieur Hubbard. Il la regardait, les sourcils froncés.

— Je sais qui vous êtes.

— Ah oui! Et qui suis-je donc?

— Vous êtes un vampire!

Monsieur Hubbard se mit à rire.

— Si tel est le cas, ne devrais-je pas me terrer quelque part dans un cercueil jusqu'à ce que le soleil soit couché?

Julie jeta un coup d'œil par la fenêtre. Le soleil déclinait, mais le paysage était encore baigné de ses faibles rayons. Elle se sentit soudain un peu moins sûre d'elle.

— Mais... la bague... et les portraits?

— Ah! la bague! Elle appartenait à un lointain parent au comportement douteux. Il a, dit-

117

on, été décapité. Les pauvres villageois ne savaient pas qu'ils devaient à tout prix brûler le corps. Ils ont permis à la famille de l'emporter.

— Alors, vous... vous n'êtes pas...

— Oh non! chère petite! Je suis aussi humain que toi. J'ai simplement le privilège d'être l'un des membres de la famille qui s'occupent des affaires du baron. Vois-tu, le baron avait un frère qui n'était pas affligé de la même, comment dire... «caractéristique». C'est ce frère tout dévoué qui a réclamé le corps et qui s'est chargé de ses besoins. Je suis le descendant direct de ce frère, donc du baron qui était mon grand-oncle.

Monsieur Hubbard remarqua la copie du portrait du baron qui avait glissé hors du cahier de Julie.

— La ressemblance est frappante, n'est-ce pas? Nous sommes une très grande famille. Lorsque je mourrai, d'autres viendront de notre terre natale pour me remplacer dès qu'on aura besoin d'eux.

Les derniers rayons de soleil s'estompèrent.

— Vous voulez dire, au cas où il ressusciterait?

— Pas du tout.

Monsieur Hubbard se dirigea vers la porte d'entrée et la verrouilla lentement. Il fixa la porte du sous-sol.

— Ai-je dit qu'il était mort?

Julie voulut crier, cependant aucun son ne sortit de sa bouche. Elle se retourna et vit le hideux sourire du baron de Trouvese. Son visage était blafard, mais ses canines étincelaient et ses yeux rouge sang brillaient lorsqu'il posa son regard sur elle.

L'immonde créature avançait lentement. Julie, paralysée par la peur, comprit soudain ce qui était arrivé aux enfants disparus.

Le baron de Trouvese, les mains griffues, les canines dénudées, avançait majestueusement vers elle.

# DESTIN

Olivier était persuadé qu'il n'existait pas un seul jeu vidéo auquel il ne puisse gagner et qu'aucun autre joueur ne pouvait battre son propre score.

En fait, personne n'était capable de lui tenir tête pendant une compétition.

Samuel, qui était son meilleur ami, l'évitait depuis deux semaines.

Le lundi, à l'école, Olivier décida de savoir ce qui n'allait pas. Lorsqu'il vit Samuel s'approcher de l'entrée principale, il se précipita à sa rencontre.

— Hé! salut! dit Olivier en essayant d'avoir l'air décontracté. Je t'attendais.

Samuel tressaillit. Il eut l'air surpris, jeta un regard à gauche puis à droite.

— Pourquoi?

— Bien, j'ai mis la main sur un nouveau jeu : «La Côte de Barbarie». C'est une histoire de pirates. Tu dois trouver le trésor avant que les pirates t'attrapent et te fassent passer par-dessus bord.

Samuel leva les yeux.

Pendant un instant, son expression changea, comme s'il s'apprêtait à demander quelque chose, mais il ne dit rien. Il baissa les yeux et commença à s'éloigner.

— Allez, mon vieux! insista de nouveau Olivier. Tu peux venir à la maison après l'école. Écoute, si quelque chose t'embête, j'aimerais t'aider.

Olivier posa sa main sur l'épaule de Samuel qui se dégagea.

— Non!

Il s'arrêta et regarda Olivier dans les yeux. Il semblait effrayé.

— Et ne t'approche pas de moi. Je ne plaisante pas.

Le samedi suivant, lorsque sa mère vint frapper à la porte de sa chambre et lui annoncer que Samuel était là pour le voir, Olivier fut vraiment surpris.

Il fut encore plus étonné en voyant son ami. Il était pâle et ses mains tremblaient légèrement.

— Écoute, Olivier, dit Samuel une fois que les deux amis furent seuls dans la chambre. Je sais que j'ai agi de façon étrange depuis quelque temps, mais... je ne devrais peut-être pas te le demander... j'ai besoin de toi. Je pense que tu es la seule personne qui puisse me venir en aide.

Il passa ses doigts dans ses cheveux en essayant de trouver les bons mots.

— Je ne sais pas comment te dire ça. Je ne suis pas sûr que tu me croiras.

— Dis toujours.

Olivier vit Samuel fouiller dans la poche de son blouson et en sortir une disquette. Il la déposa soigneusement sur le bureau et recula comme si l'objet était sur le point de s'animer.

— Te souviens-tu de ce magasin situé sur le boulevard où l'on trouvait de vieilles bandes dessinées, des cartes de baseball et plein d'autres choses?

Olivier réfléchit un instant.

— Oh oui! Il a fermé l'année dernière, n'est-ce pas? À la suite d'un incendie, je crois.

— Oui. Il y a deux ou trois semaines, je suis passé devant à vélo et j'ai vu qu'il avait été remplacé par une nouvelle boutique. Il y avait un étalage de jeux vidéo dans la vitrine et une grande pancarte orange où il était écrit « Grande ouverture ».

La curiosité d'Olivier fut piquée au vif.

— Je ne savais pas qu'il y avait un nouveau magasin. Y a-t-il des choses intéressantes?

— Justement, c'était assez étrange. Il n'y avait qu'un seul jeu : « Destin ». Le vendeur était bizarre, lui aussi. Lorsqu'il m'a demandé s'il pouvait m'aider, je lui ai répondu que je jetais simplement un coup d'œil et que je n'avais pas d'argent sur moi. Il m'a dit que ce n'était pas grave, que je pouvais prendre un exemplaire du jeu et l'essayer chez moi.

— Il t'a laissé partir avec sans te faire payer?

— Oui. Il a dit que je n'aurais qu'à revenir payer plus tard. Tous les clients reviennent, a-t-il dit. Je ne savais pas ce qu'il voulait dire à ce moment-là, mais j'aurais dû tourner les talons. Maintenant, il est trop tard. J'ai commencé à jouer et je dois continuer. J'ai essayé de rapporter le jeu, mais le magasin n'existe plus.

— Tu veux dire qu'il a déjà fait faillite?

— Non, c'est plutôt comme s'il n'avait jamais existé. L'endroit est barricadé, et les murs extérieurs sont couverts de taches de suie laissées par le feu, exactement comme auparavant.

Il était facile de voir que Samuel était sérieux. Olivier saisit la disquette et l'examina. Elle ressemblait à n'importe quelle autre disquette. Olivier s'apprêtait à la glisser dans le lecteur de l'ordinateur.

— Non! Attends! s'écria Samuel en agrippant son poignet. Une fois que tu as commencé à jouer, tu ne peux plus t'arrêter!

— Je vois ce que tu veux dire, commenta Olivier en insérant la disquette dans l'ordinateur.

Le titre du jeu parut immédiatement sur l'écran, entouré de l'assortiment habituel de bêtes mythiques.

Il y avait six créatures en tout, une pour chaque lettre du mot «DESTIN». Un dragon crachant du feu était accroupi au-dessus du «D»; un vautour à deux têtes était perché sur le «E»; un ogre aux griffes acérées s'appuyait sur la lettre «S»; une énorme bête à tête de taureau et à longues cornes incurvées était à cheval sur le «T»; un sorcier aux yeux démoniaques était debout près d'une grosse boîte, à côté du «I»; et un squelette montait la garde près du «N». Il y avait un ovale sur un côté de la boîte.

Une serrure bizarre était dessinée au centre de celui-ci. Olivier sentit un frisson l'envahir comme l'image remplissait l'écran.

Samuel secoua la tête et poussa un grand soupir.

— Le jeu ne s'arrête pas lorsque l'ordinateur est éteint. Ces... choses, fit-il en indiquant d'un geste les créatures, peuvent apparaître n'importe quand, n'importe où. Si tu ne relèves pas leur défi, tu dois leur faire don d'une vie, celle d'un être auquel tu tiens. Dès que tu commences à jouer, tu dois continuer. En dernier lieu, tu risques ta propre vie. En fait, ce n'est pas simplement ta vie qui est en jeu, mais ton âme, ajouta Samuel qui tendit la main et toucha le sorcier sur l'écran. C'est ce qu'il désire, en réalité. En jouant à ce jeu, tu lui permets de s'emparer de ton âme. Pour la sauver, tu dois découvrir où le sorcier la cache, et la libérer. S'il te détruit en premier, alors ton âme est sienne à tout jamais.

— Ça semble super, répliqua Olivier en cliquant à l'écran.

Plusieurs options furent affichées.

— Tu ne comprends pas !

Olivier s'arrêta.

— C'est réel ! Je n'y croyais pas non plus, mais de nombreuses choses se sont passées depuis deux semaines. Te souviens-tu de Jojo ?

Olivier acquiesça d'un signe de tête. Jojo était le canari qu'on avait offert à Samuel pour son anniversaire.

— Le jour où j'ai perdu le premier défi, je l'ai trouvé mort au fond de sa cage. Après avoir perdu le deuxième défi, mon chat, Ulysse, est sorti et a été frappé par une voiture. Je savais alors que je ne devais plus jouer, mais les créatures ne te permettent pas d'arrêter. Elles peuvent apparaître n'importe où, n'importe quand. Et mon voisin... c'était ma faute. Monsieur Doré est tombé d'une échelle alors qu'il travaillait sur son toit, expliqua doucement Samuel.

— Comment est-ce que ça pourrait être ta faute?

Samuel enfouit sa tête dans ses mains.

— Ce n'était pas un accident. Il y a dix jours, mon cousin s'est tué lorsque les freins de sa voiture n'ont pas répondu. Et mon grand-père… est mort la semaine dernière d'une crise cardiaque. Le score est de 5 à 0. Je ne sais pas qui sera la prochaine victime… ma sœur peut-être, ou mes parents.

Le garçon leva les yeux vers son ami.

— Tu as dit que tu voulais m'aider. Je ne peux pas gagner. Seul, je ne suis pas assez bon, mais, ensemble nous pourrions réussir. Cependant, si tu acceptes, ta vie sera en danger. Ton âme pourrait aussi être capturée.

Toute cette histoire semblait folle, mais Olivier réalisa que Samuel y croyait et il devait faire quelque chose pour l'aider. Il fixa l'écran. Une question y apparut: DÉSIREZ-VOUS AJOUTER UN JOUEUR À VOTRE ÉQUIPE? Il effleura légèrement le clavier. Un avertissement apparut: EN ÊTES-VOUS SÛR? LE NOUVEAU JOUEUR SUBIRA LES CONSÉQUENCES DE LA DÉFAITE. Olivier regarda Samuel puis enfonça de nouveau une touche. Un seul mot parut: ACCEPTÉ. Un frisson parcourut le corps d'Olivier qui se sentit terriblement vide et seul. Il entendit à peine Samuel le remercier encore et encore de s'être joint à lui.

Lorsque Samuel partit, l'étrange impression disparut. Olivier s'installa devant l'ordinateur et cliqua dans la case indiquant NOUVEAU JOUEUR. Bien sûr, il ne croyait pas à toute cette histoire, mais il était intrigué par ce jeu qui avait tellement bouleversé son ami. Puisqu'il reprenait le jeu au point où Samuel l'avait laissé, le score était déjà de 5 à 0. Pour cette manche, Olivier choisit une épée comme arme et combattit un serpent ailé dans un incroyable labyrinthe. Le combat fut très serré pour un premier essai, mais il le perdit. Dans le coin inférieur de l'écran, la marque devint 6 à 0. Déçu, il éteignit l'ordinateur et s'effondra sur son lit. Il tapota la vitre d'un petit aquarium contenant du sable, et non de l'eau, posé sur sa table de chevet. Mais le petit iguane ne bougea pas. Il se leva lentement, tendit la main dans l'aquarium et poussa légèrement l'animal. Il était mort...

Pendant la nuit, Olivier fut réveillé par une lueur fantomatique qui baignait sa chambre. En s'asseyant, il vit que l'ordinateur était allumé et que l'écran affichait « 7e MANCHE ». Il entendit un bruit qui semblait se rapprocher. Il pencha la tête. Le bruit provenait de sous son lit !

Une main osseuse jaillit de sous le matelas et saisit sa cheville. Olivier se débattit de toutes ses forces mais ne put se dégager. La main le tira sur le plancher puis l'entraîna sous le lit.

Olivier s'agrippa à pleines mains au tapis, mais ça ne servit à rien. Il était tiré dans un trou des plus sombres. Soudain, une autre main parut et saisit la sienne. Il aperçut le visage de Samuel et entendit la voix de son ami comme si une grande distance les séparait.

— Cramponne-toi! Je t'en prie, cramponne-toi!

Olivier serra la main de Samuel de toutes ses forces, mais Olivier sentit sa poigne faiblir peu à peu jusqu'à ce qu'il lâche prise. Impuissant, il se sentit sombrer.

Olivier ouvrit les yeux. Il était assis dans son lit. La sueur inondait son visage tandis que, paniqué, il balayait sa chambre du regard. Enfin, il se détendit. «Ce n'était qu'un rêve», se dit-il.

Mais, lorsque ses yeux se posèrent sur l'écran de l'ordinateur, le score affiché dans le coin inférieur gauche était de 7 à 0. Tout près de son lit, il remarqua que le tapis était froissé. Il repoussa alors lentement ses draps. De sombres ecchymoses apparurent sur sa cheville.

Ce n'était pas un rêve. C'était exactement ce que Samuel lui avait expliqué. «Ils peuvent être n'importe où.» Tandis qu'il essayait de réfléchir à ce qui s'était passé, Olivier entendit la sonnerie du téléphone. Quelques secondes plus tard, il perçut des pleurs à l'étage inférieur. Il se glissa hors de son lit et se dirigea à pas de loup vers la cuisine. Même si l'horloge indiquait trois heures vingt du matin, les lumières étaient allumées, et il pouvait entendre la voix de son père.

— Papa? fit Olivier en avançant dans la pièce brillamment éclairée.

Sa mère, assise à la table de la cuisine, sanglotait. Debout, derrière elle, son père lui caressait l'épaule et lui parlait à voix basse.

— Papa, qu'y a-t-il?

— Olivier, dit son père en lui faisant signe de s'approcher comme sa mère se redressait et séchait ses yeux rougis. C'est oncle Guillaume.

Oncle Guillaume était le plus jeune frère de sa mère. Il était parti en vacances la veille.

— Il est... il a eu un accident.

Olivier attendit que ses parents soient retournés se coucher, puis il se glissa dehors, à l'aube, et se précipita chez Samuel qui habitait à trois rues de là.

— Samuel, appela-t-il d'une voix rauque en essayant de retrouver son souffle.

Il envoya de petits cailloux contre la fenêtre de la chambre de son ami, située au deuxième étage. La fenêtre s'ouvrit, et Samuel se pencha vers l'extérieur. Il était, lui aussi, tout habillé et parfaitement éveillé.

— Olivier? Je descends tout de suite.

L'instant d'après, les deux garçons étaient assis l'un à côté de l'autre dans la lumière naissante du petit matin.

— Mon oncle. Je pensais qu'il s'agissait d'un rêve, mais...

— Je sais ce qui s'est passé. J'ai tout vu sur l'écran de mon ordinateur. J'ai essayé de t'aider, mais je n'étais pas assez fort pour te retenir. Je me sens chaque fois plus faible. Qu'allons-nous faire? Nous ne savons pas quand ni où la prochaine manche aura lieu. Je suis désolé de t'avoir entraîné là-dedans. S'il s'agissait d'un simple jeu, ce serait facile, mais la situation est différente.

Olivier inclina légèrement la tête.

— Qu'as-tu dit?

— La situation est différente...

— Peut-être bien que non, interrompit Olivier. Dans n'importe quel jeu, le secret de la victoire consiste à rester très attentif et à garder une longueur d'avance! Nous saurons à quel endroit la prochaine manche aura lieu si nous le choisissons. Maintenant, continuons et découvrons le sorcier.

— Mais nous ne savons même pas qui il est ni où il se trouve.

— Bien sûr que si. Tu lui as déjà parlé.

Les yeux de Samuel s'illuminèrent.

— L'homme qui tenait le magasin où j'ai obtenu ce jeu !

— Exactement ! Il a dit que tu reviendrais... J'ai aussi une autre idée. Si mon intuition est bonne, nous aurons besoin de la disquette et probablement d'une lampe de poche. Je dois aussi faire autre chose. Nous nous arrêterons chez moi en cours de route.

* * *

Il était encore très tôt lorsqu'ils arrivèrent au magasin. Comme Samuel l'avait dit, il semblait n'avoir jamais été ouvert depuis l'incendie. Des planches étaient encore clouées sur les fenêtres.

Les garçons se frayèrent un chemin vers la porte arrière. Ils soulevèrent alors une planche et réussirent à se faufiler à l'intérieur. Mais tous deux sentirent peu à peu leurs forces les abandonner. Olivier sortit sa lampe de poche et balaya la pièce de son mince faisceau lumineux.

— Il semble que personne ne soit entré ici depuis très longtemps.

— J'y suis entré, murmura Samuel en frissonnant légèrement.

— Lorsque tu as vu l'homme pour la première fois, d'où semblait-il venir?

Samuel examina les lieux.

— Les choses sont différentes maintenant, mais je crois qu'il est venu de là-bas.

Il pointa son index vers une porte au-delà d'un petit passage voûté.

Les garçons se dirigèrent rapidement vers l'endroit. Puis, soudain, Samuel bascula en avant, battant l'air de ses mains. Olivier réussit avec beaucoup de difficulté à agripper le poignet de son ami, l'empêchant ainsi de disparaître dans un grand trou noir.

— Cramponne-toi! grogna Olivier en tirant brusquement Samuel vers l'arrière et en roulant avec lui sur le sol.

Lorsqu'il eut retrouvé son souffle, Olivier dirigea le faisceau de lumière sur le plancher. Un trou béant se trouvait directement sur leur chemin. Les deux garçons rampèrent vers la cavité et regardèrent à l'intérieur. À la lueur de la lampe, ils purent voir que le trou avait environ six mètres de profondeur et que le sol, tout en bas, grouillait de serpents!

— Eh bien! Il était moins une! Nous sommes certainement sur la bonne voie. Nous devons être très prudents, toutefois, car il doit y avoir d'autres pièges.

Redoublant de prudence, les garçons contournèrent le trou et marchèrent jusqu'à la porte dont ils essayèrent de tourner la poignée.

— Elle est verrouillée, dit Olivier, fâché, en passant ses doigts sur le pêne. Attends! Il y a une fente, ici. C'est peut-être un genre de serrure électronique dans laquelle il faut insérer une carte.

Il sortit la disquette de sa poche et la glissa dans la fente. Il y eut un déclic, et la porte s'ouvrit lentement. Les deux garçons entrèrent dans la pièce. Contre le mur opposé se trouvait ce qui semblait être un ordinateur muni d'un écran blanc de forme ovale. C'était la réplique exacte de l'objet près duquel se tenait le sorcier dans l'illustration de la boîte du jeu.

— Voilà. C'est ici qu'il s'installe pour jouer.

Ils avancèrent vers l'étrange appareil. L'écran s'anima alors. L'image d'une serrure parut en plein milieu, exactement comme dans l'illustration.

— Et maintenant? demanda Samuel en tremblant.

Olivier, debout devant l'appareil, inséra la disquette et pianota sur le clavier.

— Je suis certain qu'en ouvrant cette serrure nous serons libres. Je dois simplement trouver comment… EFFACER!

La commande fut affichée à l'écran, et la serrure disparut. Olivier éclata de rire.

— Ça y est !

Mais sa joie fut de courte durée lorsqu'il vit la serrure réapparaître brusquement.

— Non, attends ! Qu'y a-t-il ? Qu'est-ce que j'ai fait ?

Une voix profonde s'éleva dans l'ombre, près de la porte ouverte derrière eux.

— Vous n'imaginiez tout de même pas que ce serait si simple, non ?

Faisant volte-face, les garçons se trouvèrent nez à nez avec le sorcier en personne. Il les dominait de sa taille imposante, les yeux étincelants de triomphe.

— Avez-vous oublié les règles du jeu ? Elles sont pourtant claires. Pour sauver votre âme, vous devez trouver où elle est cachée, puis la libérer.

Les garçons reculèrent devant son air menaçant.

— C'est un peu dommage. Vous étiez si près. Bien plus près que la plupart des autres joueurs.

Tendant une main aux longs doigts noueux, le sorcier sortit la disquette du lecteur de l'ordinateur et la leur montra.

— Oui, vraiment dommage. Elles étaient gravées juste ici, sous votre nez, dit-il en faisant disparaître la disquette d'un mouvement de la main. Mais c'est beaucoup trop tard maintenant.

Tandis qu'il parlait, un brouillard lumineux commença à envahir la pièce, et une silhouette sombre prit forme dans le tourbillon de brume. Une bête monstrueuse en jaillit avec un rugissement effrayant. Elle avait un corps humain et une tête de taureau. La salive dégoulinait de sa bouche béante, et du sang gouttait de la pointe de ses longues dents acérées. Son regard se posa sur les deux garçons. Tandis que la bête avançait vers eux avec convoitise, le sorcier ricana et serra très fort la disquette.

— Oui, beaucoup, beaucoup trop tard !

— Peut-être pas !

Rassemblant le peu de forces qui lui restait, Olivier poussa Samuel sur le côté et hurla :

— Saute !

Les garçons bondirent en avant et roulèrent sous les bras tendus de l'imposante créature. Après s'être redressé, Olivier se précipita vers l'ordinateur. Le sorcier se retourna et pointa son index vers le garçon.

— Éloigne-toi de là !

Sans lui prêter la moindre attention, Olivier tira une autre disquette de sa poche et l'enfonça dans le lecteur. Tandis qu'il pianotait rapidement sur le clavier, un éclair bleu jaillit du doigt du sorcier. Dans un dernier sursaut d'énergie, Samuel traversa la pièce d'un bond, fonça tête baissée dans le sorcier et l'envoya rouler sur le plancher. L'éclair rata sa cible et pulvérisa le monstre hurlant dans une explosion de flammes et de fumée.

Olivier appuya encore sur la commande EFFACER, et la serrure disparut de nouveau. Puis, appuyant sur une dernière touche, il fit paraître la commande SAUVEGARDER à l'écran. Cette fois, une bourrasque s'éleva brusquement. Les deux garçons sentirent quelque chose de chaud et de puissant les envahir tandis qu'ils regardaient le sorcier s'estomper.

— Comment as-tu fait? gémit faiblement ce dernier.

Olivier leva la disquette.

— La première chose que j'ai apprise à propos des ordinateurs a été l'importance de toujours faire une sauvegarde.

Se penchant, il tendit la main et aida Samuel à se relever. Lorsque les garçons quittèrent la pièce, leur adversaire n'était plus qu'une légère brume bleutée. De l'autre côté de la porte, le trou, lui aussi, disparaissait.

Mais tandis qu'ils se faufilaient sous une vieille planche et sortaient au soleil, la brume se mit à tourbillonner dans la pièce sombre. Une petite étincelle en jaillit et, au même instant, les écrans installés dans les chambres respectives des garçons s'allumèrent. Un seul message clignotait au centre de chaque écran :

LA PARTIE EST TERMINÉE.
DÉSIREZ-VOUS RECOMMENCER ?

# LA LEÇON

Sophie tira prudemment sur la boucle argent ornant le cadeau d'anniversaire que son frère lui avait offert.

Finalement, la fête était des plus agréables. Une dizaine d'amis étaient là, et elle avait déjà déballé plusieurs cadeaux vraiment chouettes.

Pourtant, elle n'arrivait pas à croire que son frère, Marc, lui avait offert un présent. Il était de deux ans son aîné et passait généralement plus de temps à inventer des moyens de l'ennuyer qu'à lui faire plaisir.

Elle défit la bande de papier collant qui retenait l'emballage rose et chatoyant et découvrit un long tube noir.

— Qu'est-ce que c'est? demanda-t-elle en regardant son frère dans les yeux, s'attendant à y percevoir des signes de plaisanterie.

— Ouvre-le et tu verras.

Sophie voulut dévisser le couvercle. Comme il était serré, elle dut forcer. Le couvercle lui échappa brusquement, et le paquet sembla exploser. Une demi-douzaine de «serpents» recouverts de tissu jaillirent dans les airs, et une pluie de confettis tomba sur les personnes présentes.

Sophie et quelques invités se mirent à hurler en protégeant leurs yeux. Lorsque enfin elle regarda entre ses doigts, elle vit que tout le monde riait. Marc, lui, ne faisait pas que rire ; il se roulait littéralement sur le plancher. Il riait si fort que ses joues étaient inondées de larmes.

— Merci beaucoup, Marc.

Sophie, elle, faisait la moue comme toujours lorsqu'elle était en colère contre son frère.

— Tu... Tu as... Je n'arrive pas à croire que tu t'y sois laissé prendre ! Je ne pensais pas que quelqu'un puisse être aussi stupide ! Aussi crédule !

Sophie se renfrogna. Embarrassée, elle sentit son visage rougir. Marc ne semblait jamais se douter à quel point il la faisait souffrir.

Une fois les invités partis, au début de la soirée, Sophie aida sa mère à tout ranger dans la cuisine. Elle posa le pied sur la petite pédale de la poubelle en plastique, et le couvercle s'ouvrit brusquement. Lorsqu'elle était toute petite, Marc lui avait dit que le couvercle ne s'ouvrait que lorsque la poubelle était affamée et voulait être nourrie. Pour lui prouver ses dires, il lui avait demandé de s'approcher et, lorsque le couvercle s'était brusquement soulevé, il lui avait saisi le poignet et avait tenté de plonger sa main dans la poubelle tandis qu'elle se débattait et hurlait.

Marc l'avait raillée pendant des jours à propos de la poubelle vicieuse qui semblait s'ouvrir voracement dès qu'elle s'en approchait. Elle l'avait cru jusqu'au jour où elle l'avait surpris en train d'appuyer sur la pédale avec son pied. Marc ne semblait jamais manquer une occasion de la taquiner et de la faire passer pour une idiote.

En jetant une boule de papier d'emballage froissé, elle sentit la colère monter en elle à ce souvenir et laissa le couvercle retomber bruyamment.

— Maman que veut dire le mot « crédule »?

— Eh bien, les personnes crédules se font facilement tromper ou prendre au piège. Pourquoi poses-tu cette question?

— Oh! pour rien! fit-elle en se retournant de sorte que sa mère ne puisse voir son expression. La fête aurait été parfaite si Marc n'avait pas essayé de la gâcher.

— Pourquoi dis-tu ça? Tu sais bien qu'il te taquine simplement.

— C'est ce que tout le monde dit, mais c'est beaucoup plus que de la taquinerie. Il est méchant.

— Sophie! C'est terrible ce que tu dis là! Je sais qu'il te taquine souvent, mais toi aussi, de temps en temps, tu l'embêtes. Tu serais bien plus tranquille si tu essayais de t'entendre avec lui.

— Je vais aller ranger mes cadeaux dans ma chambre.

Sa mère ne comprenait tout simplement pas.

Sophie lança son nouveau chandail sur son bras et ramassa les livres et les jeux empilés sur la petite table.

Une fois dans sa chambre, elle ferma la porte, posa ses cadeaux sur la commode et, sans allumer la lumière, s'effondra en travers de son lit. «Facilement trompés ou pris au piège, se dit-elle. Eh bien, je ne le laisserai plus me prendre au piège, plus jamais! Je donnerais n'importe quoi pour lui apprendre, ne serait-ce qu'une fois.»

Sophie broyait encore du noir lorsqu'elle entendit frapper contre la vitre de la fenêtre près de son lit. Elle crut d'abord que le vent faisait bouger une branche, mais elle entendit chuchoter doucement son nom. La voix venait juste de sous le rebord de sa fenêtre. Sophie mordilla légèrement sa lèvre inférieure.

— Fiche le camp, Marc. Tu ne m'auras pas, cette fois!

Les petits coups continuèrent, et la voix se fit de nouveau entendre.

— Je ne suis pas ton frère.

Sophie roula lentement sur son lit et se leva. La lune était pleine et elle voyait le jardin par sa fenêtre. Le vieux portique brillait sous la lueur argentée et une balançoire remuait doucement, poussée par la petite brise, mais il n'y avait rien d'autre. Elle se retourna et commença à s'éloigner.

— Approche-toi, la pressa la voix.

Sophie resta un moment immobile. Elle ouvrit grands les yeux en cherchant frénétiquement d'où pouvait venir cette voix étrange.

— Approche-toi, et je me montrerai à toi.

Sophie voulait hurler, faire volte-face et partir en courant, mais, au lieu de cela, elle avança lentement vers la fenêtre. Elle eut l'impression que ses pieds bougeaient tout seuls. Elle s'approcha encore et appuya ses doigts tremblants contre la vitre. Elle la vit alors, tapie juste sous le rebord. Elle n'avait rien d'un être humain. La créature la lorgnait de ses terrifiants yeux jaunes. Son corps voûté était couvert, de la tête aux pieds, de longs cheveux gras. Sophie était clouée sur place.

La chose reprit la parole.

— Ne te laisse pas abuser par mon apparence. Je suis ici pour t'aider.

Elle étira sa bouche en un affreux rictus, éleva les mains et haussa les épaules. Sophie vit ses longs doigts noueux terminés par des griffes acérées.

— Com-comment pourriez-vous m'aider? bégaya Sophie en sentant ses cheveux se dresser sur sa nuque. Je ne veux pas de votre aide! Allez-vous-en!

— Chhuut! soupira la créature. Tu as dit que tu ferais n'importe quoi pour donner une leçon à ton frère, n'est-ce pas? C'est pourquoi je suis ici. Je peux t'aider.

En dépit de son horrible apparence, la créature avait éveillé la curiosité de Sophie. L'image de son frère en train de rire et de se moquer d'elle devant tous ses amis et pendant sa propre fête d'anniversaire revint à sa mémoire. Sa peur commença à se transformer en prudente curiosité.

— Que voulez-vous dire?

— Ouvre la fenêtre et je te le dirai. Ensemble, nous donnerons une bonne leçon à ton frère.

Sophie dévisagea le monstre.

Il la regarda en retour, l'air encourageant. Ses yeux brillants, jaune citron, étaient hypnotiques. Elle tendit la main avec hésitation vers le loquet de la fenêtre puis la retira brusquement.

— Non! J'ai peur!

— Il ne faut pas. Je ne te ferai aucun mal. Nous allons seulement donner à ton frère la leçon qu'il mérite. Tu ne le regretteras pas.

La porte de sa chambre s'ouvrit et la pièce fut inondée par la lumière venant du couloir.

— À qui parles-tu? demanda Marc.

Sophie tourna la tête et aperçut sa silhouette sombre sur le pas de la porte.

— Regarde par la fenêtre! Vite! Il y a un monstre dehors, sous le rebord!

Marc hésita.

— Regarde! insista-t-elle. Il est juste là, dehors!

Il avança vers la fenêtre et regarda à l'extérieur. Il fit brusquement volte-face, leva les bras et, le regard vitreux, se mit à se traîner vers elle avec raideur.

— Oui, Maître! J'obéirai! gémit-il.

— Non, Marc!

Sophie recula, mais son frère franchit froidement la distance qui les séparait. Il écarta ses doigts et tendit la main pour la saisir au cou. Ses yeux se mirent à rouler, ses lèvres se retroussèrent en un hideux sourire, et un rugissement rauque sortit de sa gorge.

— Non, Marc! Arrête ou je hurle!

Marc laissa retomber ses bras et se mit à rire.

— Quelle andouille! Il n'y a rien dehors. J'ai mieux à faire que de jouer avec une stupide poule mouillée.

Il sortit de la chambre d'un pas nonchalant et ferma la porte derrière lui.

De nouveau plongée dans l'obscurité, Sophie entendit la voix murmurer :

— Nous pourrions lui donner une leçon qu'il n'oubliera jamais.

Sophie ne se retourna pas. Elle serra très fort les poings et demanda simplement :

— Comment savoir si je peux avoir confiance en vous ?

Il y eut un moment de silence, puis la créature reprit la parole.

— Je vais te faire une démonstration.

— Comment saurai-je de quoi il s'agit ?

— Tu le sauras.

Le lendemain matin, au déjeuner, Marc demanda à Sophie s'il pouvait, en toute sécurité, aller dehors ou s'il y avait un monstre caché sous le porche.

Le midi, à l'école, il raconta l'histoire à plusieurs de ses amis qui, tous, en profitèrent pour taquiner Sophie. Ils s'amusèrent particulièrement lorsqu'elle ouvrit son sac à lunch et en sortit une boîte remplie de graines pour oiseaux. Marc annonça alors joyeusement que même les poules mouillées devaient manger. Sophie était furieuse, mais, en plein jour, elle commençait elle-même à douter de son histoire.

Habitant à quatre coins de rue de l'école, Sophie et son frère faisaient chaque jour le trajet à vélo.

Aujourd'hui, comme Marc ne se trouvait pas à leur rendez-vous habituel, elle décida de pousser son vélo à côté d'elle et de rentrer à pied avec son amie Alice. Les filles étaient en pleine conversation et ne perçurent pas le léger bruissement dans la haie, non loin d'elles. Lorsqu'elles arrivèrent au coin de la rue, Marc et deux de ses amis jaillirent des buissons.

— Gare au monstre ! hurlèrent-ils.

Sophie poussa un cri d'effroi et laissa tomber son vélo. Ses livres s'éparpillèrent sur le trottoir.

— Marc ! Tu m'as fait peur ! Tu me le paieras ! Laisse-moi tranquille !

Riant aux éclats, les garçons se ruèrent sur leurs vélos qu'ils avaient cachés derrière la haie. Marc se mit à pédaler à toute vitesse, mais il avait à peine parcouru quelques mètres que la roue avant de son vélo se tordit comme si quelque chose l'avait violemment tirée vers la haie. Marc partit en vol plané et alla s'étaler en travers du trottoir. Son pantalon se déchira au genou, et son cahier plongea dans l'eau boueuse du caniveau.

— C'est bien fait pour toi, Marc ! cria Alice.

Sophie ne dit rien. Elle avait les yeux rivés sur la main sombre aux griffes acérées qui disparut vivement à l'ombre de la haie.

* * *

Ce soir-là, assise dans sa chambre, dans l'obscurité, elle attendit. Elle savait qu'il était mal de souhaiter qu'un malheur arrive à son frère, mais il avait toujours été si méchant avec elle.

De plus, il ne s'était pas vraiment blessé. Elle voulait seulement lui donner une leçon. Peut-être qu'il serait plus gentil avec elle, dorénavant.

La voix sifflante du monstre la fit tressaillir.

— As-tu aimé ma petite démonstration?

— Oui. Mais qu'allez-vous faire ensuite?

— Ouvre la fenêtre. Nous allons préparer un plan ensemble.

Sophie se dirigea vers la fenêtre et regarda la paire d'yeux jaunes qui brillait dans la nuit.

— Si vous êtes si malin, pourquoi ne pas l'ouvrir vous-même?

Elle crut entendre un grognement, mais le monstre répondit très vite.

— Je ne peux t'atteindre que si tu fais le premier pas.

Sophie tendit de nouveau la main vers le loquet.

— Vous promettez de ne pas me faire de mal? demanda-t-elle.

— Je te le promets.

— De tout votre cœur?

— De tout mon cœur.

Cette fois, Sophie posa la main sur le loquet et le souleva. Le bois craqua tandis qu'elle ouvrait la fenêtre. Comme elle se penchait, le monstre bondit brusquement vers elle. Il entoura sa gorge de ses longs doigts osseux et la souleva de terre. Il était d'une force surnaturelle. Elle tenta de hurler, mais la prise l'étouffait. Elle battit des bras et des jambes contre la peau visqueuse de la créature.

— Vous aviez promis de ne pas me faire de mal. Vous l'avez promis de tout votre cœur. Nous devions donner une leçon à mon frère.

Elle sentit le souffle chaud et fétide du monstre lorsqu'il l'attira plus près.

— Je n'ai pas de cœur, grogna-t-il, et son tour viendra. Maintenant que tu as ouvert la fenêtre de ton propre chef, je peux entrer dans cette maison comme bon me semble. Ne t'inquiète pas, j'aurai visité chaque membre de ta famille avant que cette nuit s'achève.

Sophie sentit les griffes pointues s'enfoncer plus profondément dans sa gorge tandis que la bouche du monstre se retroussait en un sourire hideux, et que le clair de lune faisait étinceler ses dents ruisselantes de bave.

— Tu as dit que tu donnerais n'importe quoi pour donner une leçon à ton frère, ricana la grotesque créature. Eh bien, ma petite, le prix que je demande est assez élevé, et il est maintenant temps de me payer.

La dernière chose que Sophie entendit fut le bruit que fit le monstre en passant avidement sa langue sur ses lèvres.

# TABLE DES MATIÈRES

# Dans la même collection

# LE PLAISIR DE LIRE

Salut! Nous voulons savoir si tu as aimé ce livre et mieux connaître tes habitudes de lecture.

Nom de la collection : _____

Titre : _____

As-tu aimé ce livre?
❏ Je l'ai adoré   ❏ Je l'ai aimé   ❏ C'est plutôt bien   ❏ Pas vraiment   ❏ Pas du tout
Explique en quelques lignes pourquoi : _____
_____
_____

Liras-tu d'autres livres de la même collection? ❏ oui      ❏ non
Où as-tu acheté ce livre? _____

Quel genre de livres lis-tu? (Coche tous les styles que tu lis.)
❏ romans policiers (ex.: Agatha Christie) ❏ romans de science-fiction ❏ romans d'aventures
❏ thrillers (ex.: Frissons) ❏ romans d'épouvante ou fantastique ❏ romans d'amour

Quels sont les trois derniers livres que tu as lus? _____
_____   _____

Quels magazines lis-tu? _____
Où lis-tu surtout? _____
Quand lis-tu? _____

Quelles émissions de télé aimes-tu regarder? _____

Prénom : _____ Nom : _____
Sexe : ❏ masculin   ❏ féminin                              Âge : _____

Adresse : _____
Ville : _____ Province : _____ Code postal : _____

Tu peux envoyer ce questionnaire :
1. Par la poste à : LE PLAISIR DE LIRE, 300, rue Arran, Saint-Lambert (Québec)  J4R 1K5
2. Par télécopieur au (514) 672-5448
3. Par courrier électronique à l'adresse suivante : heritage@mlink.net

**Payette & Simms** inc.

Achevé d'imprimer en septembre 1998 sur les presses de
Payette & Simms inc. à Saint-Lambert (Québec)